La Mer à l'envers

DU MÊME AUTEUR

aux éditions P.O.L

TRUISMES, 1996

NAISSANCE DES FANTÔMES, 1998

LE MAL DE MER, 1999

BREF SÉJOUR CHEZ LES VIVANTS, 2001

LE BÉBÉ, 2002

WHITE, 2003

LE PAYS, 2005

ZOO, 2006

TOM EST MORT, 2007

PRÉCISIONS SUR LES VAGUES, 2008

TRISTES PONTIQUES d'Ovide, *traduction*, 2008

LE MUSÉE DE LA MER, *théâtre*, 2009

RAPPORT DE POLICE, *essai*, 2010

CLÈVES, 2011

IL FAUT BEAUCOUP AIMER LES HOMMES, 2013, prix Médicis,
prix des prix

ÊTRE ICI EST UNE SPLENDEUR, 2016

NOTRE VIE DANS LES FORÊTS, 2017

chez d'autres éditeurs

CLAIRE DANS LA FORÊT, éditions Des femmes, 2004

PÉRONILLE LA CHEVALIÈRE, Albin Michel Jeunesse, illustrations
de Nelly Blumenthal, 2008

Marie Darrieussecq

La Mer à l'envers

Roman

P.O.L
33, rue Saint-André-des-Arts, Paris 6e

ISBN : 978-2-8180-4806-1
www.pol-editeur.com

Pour Paul

We can be heroes, just for one day...

(David Bowie)

C'est sa mère qui l'a convaincue de faire cette croisière. Une façon de prendre de la distance. De réfléchir à son mariage, à son métier, au déménagement à venir. Partir seule avec les gosses. Changer d'air. Changer d'eau. La Méditerranée. Pour une fille de l'Atlantique. C'est plat. Une mer petite. Les côtes sont rapprochées. On a l'impression que l'Afrique pousse de tout son crâne contre l'Europe, d'ailleurs c'est peut-être vrai. Une mer tectonique, appelée à se fermer.

Dans l'immédiat l'espace maritime est assez large pour qu'on puisse y faire des croisières. Pas immense non plus : la rapidité de cet énorme paquebot l'étonne. Les hélices font de gros bouillons blancs sous la salle du restaurant. Le sillage se dévide comme un ruban. Le Stromboli monte très vite sur l'eau : une lueur rouge au sommet d'un triangle noir. Et le nuage qui le surmonte, ce n'est pas un nuage mais de la fumée. Il y a des volcans dans le monde réel. Il y a réellement de la lave, venue du fond de la Terre. Et tout ça pas très loin de chez elle.

« Tu négliges ce que tu as dans les mains. » C'est ce que lui dit son mari. Longtemps elle a fait comme si ça n'existait pas. C'était même un peu sale. Et puis il y a eu cette croisière. Ce moment qui n'a duré qu'une seconde. Une seconde qu'elle a eue dans les mains, qu'elle a tenue, ce morceau de temps, qui pulse encore.

Lui, Younès, celui qu'elle voit comme le héros de l'histoire, en fut témoin. Et elle se sent, elle, témoin de Younès.

★

I

*« Un brouhaha, une tempête d'exclamations
accueillit ces paroles. »*

(Jules Verne, *De la Terre à la Lune*)

Cette nuit-là, quelque chose l'a réveillée. Un tap
tap, un effort différent des moteurs. La cabine flottait
dans le bleu. Les enfants dormaient. Depuis sa couchette, les mouvements du paquebot étaient difficiles
à identifier. Elle était dedans – à bord – autant essayer
de sentir la rotation de la Terre. Elle et ses deux
enfants devaient peser un quintal de matière vivante
dans des centaines de milliers de tonnes. Leur cabine
était située au cinquième étage de la masse de douze
étages, trois cents mètres de long et quatre mille êtres
humains.

Elle entendait des cris. Des appels, des ordres?
Un claquement peut-être de chaîne? Il était quoi,

trois heures du matin. Au hublot on n'y voyait rien : le dessus ridé de la mer, opaque, antipathique. Le ciel noir. La cabine « deLuxe » (c'est-à-dire économique) n'avait pas de balcon (les Prestige et les Nirvana étant hors des moyens de sa mère, qui leur a fait ce cadeau de Noël), et sans balcon, donc, on n'y voyait rien.

Elle arrangea l'édredon de la petite, resta une minute. La cabine était sombre, douillette, mais l'irruption des bruits faisait un nœud qui tordait les lignes. Elle ouvrit la porte sur le couloir. Un passager des cabines Confort (au centre, sans hublot) la regardait, debout devant sa porte ouverte. Elle portait un pyjama décent sur lequel elle avait enfilé une longue veste en laine. Lui, il était en pantalon à pinces et chemise à palmiers. Des cris en italien venaient du dessus, un bruit de pas rapides. Le voisin se dirigea vers les ascenseurs. Elle hésita – les enfants – mais au *ding* de l'ascenseur elle le suivit.

Ils descendirent sans un mot dans la musique d'ambiance. Peut-être aurait-il été plus malin d'aller vers le haut, vers la passerelle et le commandement ? À moins que l'histoire ne se loge tout au fond, vers les cales et les machines ? Le bateau semblait creuser un trou dans la mer, s'enfoncer à force de taper, interrogatif, comme cherchant un passage.

Les portes s'ouvrirent sur de la fumée de tabac et une musique éclatante. Décor pyramide et pharaons, lampes en forme de sarcophages. Des filles en lamé or étaient perchées sur des tabourets. Des hommes âgés parlaient et riaient dans des langues européennes. Le type des cabines Confort entra dans le bar à cognacs. Elle resta hésitante, à la jointure de deux bulles musicales : trois Noirs en blanc et rouge qui jouaient du jazz ; une chanteuse italienne à boucles blondes, accompagnée d'un pianiste sur une estrade pivotante.

Elle traversa en apnée le casino enfumé. Dans quel sens marchait-elle ? Bâbord était fumeur et tribord non fumeur. Ou l'inverse, elle ne se rappelait jamais. Le casino se trouvait sous la ligne de flottaison. Les joueurs s'agglutinaient en paquets d'algues autour des tables. Elle avait envie d'une coupe de champagne ou de n'importe quel cocktail comme les filles en lamé or. Un couple très âgé se hurlait dessus en espagnol pendant qu'une femme à peine plus jeune leur attrapait les mains pour les empêcher de se battre, *que lucha la vida*, prenant on ne sait qui à témoin, elle peut-être, qui se déplaçait en crabe. Elle aurait aimé voir un officiel, un de ces types en uniforme qui fendent les bancs de passagers. Elle traversa un libre-service, pizzas, hamburgers et frites, l'odeur mêlée au tabac et aux parfums et à quoi, cette

15

légère trépidation, la vibration de quelque chose, lui flanquait légèrement la nausée. Sa mère lui avait offert le tout-inclus-sans-alcool. Sortie de ce boyau-là c'était une autre salle de jeu, vidéo cette fois, pleine d'adolescents pas couchés. Puis des couloirs déserts, des boutiques fermées, un décor égyptien mauve et rose, et le grand escalier en faux marbre vers la discothèque Shéhérazade. Malgré la musique on percevait une rumeur, mais à tenter d'isoler les sons on ne l'entendait plus.

Elle hésita. Un amas de retraités ivres titubait au bas de l'escalier. Elle visualisa son petit corps debout dans la masse creuse du bateau, et la mer dessous, énorme, indifférente. Les passagers du *Titanic* eux aussi avaient mis un certain temps à interpréter les signes. Ce voyage était une promotion de Noël, peut-être parce qu'un des paquebots avait fait naufrage quelques années auparavant, trente-deux morts. Partir en croisière aussi comportait des risques.

*

No pasa nada, niente, nothing, l'officiel à casquette souriait, tout va bien, *tutto bene*. Elle se sentit un peu bête mais charmante dans ses lainages près du corps. La piscine était fermée mais éclairée. La fontaine en forme de sirène était à l'arrêt bouche ouverte. La trépidation devenait certaine en contemplant l'eau : l'eau carrée faisait des cercles, il faisait du surplace, ce bateau. Elle attrapa un plaid sur une chaise longue et traversa un sas vers le pont supérieur. Le vent s'engouffra, elle enroula le plaid autour de sa tête. La Voie lactée jaillit au-dessus d'elle. Elle était une astronaute prête pour l'apesanteur.

*

Un rivage se tenait loin. L'Italie? Malte? La Grèce? Quand même pas la Libye. Elle avait vérifié sur internet : à raison de quelques millimètres de « convergence » par an, dans très longtemps la Méditerranée ressemblera à un fleuve. On pourra la passer à pied (sauf qu'à ce rythme il ne restera plus d'humains). C'est la Grèce qui se glisse sous l'Afrique, le Péloponnèse tombe comme une grosse goutte. Athènes et Alexandrie ne feront qu'une, songe-t-elle, noyées ou enfouies.

Les croisières rendent rêveur (quand on ne passe pas sa vie au casino). On est légèrement abasourdie, bercée. Rose s'abritait du vent sous la grande cheminée. Des lumières ondulaient sur l'horizon très noir. Il y eut de nouveau comme un bruit de chaînes, est-ce qu'un bateau de cette taille peut jeter l'ancre n'importe où, ou quoi, dériver? La mer semblait tellement froide en cette saison, la pensée reculait. Quelqu'un courait – en ciré jaune – venait vers elle dans un raffut de lourdes semelles sur le métal du pont : « Est-ce que?... » demanda-t-elle, mais il la dépassa dans un crépitement de talkie-walkie. Le pont retomba dans le silence. Elle voyait son ombre dans les guirlandes de Noël, une grosse bulle de tête sur un corps en fil de fer. On gelait. Est-ce que les astronautes devant la courbe de la Terre se sentent seuls en charge du monde?

Bon. Elle retourna à sa cabine. Les enfants dormaient. Elle enfila un jean, son blouson chaud et ses baskets. Elle vérifia que le téléphone de son fils était allumé. 4 h 02. Elle prit les gilets de sauvetage dans le placard, le petit pour sa fille, le grand pour son fils, et les posa sur leurs couchettes. Ça faisait comme deux gros doudous fluo. Elle se vit à la maison avec eux, et son mari, leur père. La sensation familière, l'oppression sous le sternum. Elle prit une photo, sans flash, de ses magnifiques enfants superposés et endormis, sur le fond doré de la cabine deLuxe.

Au douzième et dernier étage, on pouvait rejoindre la proue, avec vue sur les deux côtés. Il fallait passer par la piste de rollers, le square de jeux pour enfants, et longer l'autre piscine, celle en plein air, couverte d'un filet pour la nuit. Elle se repérait. Et maintenant il suffisait de se laisser guider par les sons. Des voix, des cris, oui, des pleurs? Le paquebot était immobile sur le gouffre noir. Elle se pencha. À chaque croisière un suicide. Les bateaux partent à quatre mille et rentrent à combien. Un point jaune assez fixe brillait au loin, à quelle distance? Descendre une passerelle, une autre : impasse. Retraverser un sas vers l'intérieur, large couloir chaud, section Prestige, portes espacées, enjamber des plateaux de *room service* abandonnés sur la moquette, trouver un autre sas et ressortir sur une coursive dans le vent. Un puzzle en 3D.

Tout en bas, sous elle, on mettait une chaloupe à la mer. *Ratatata* faisaient les chaînes. La chaloupe diminuait, diminuait, la surface de la mer vue d'en haut comme d'un immeuble. Silence. Les bruits fendaient la nuit de rayures rouges. Un officiel et deux marins descendaient le long de la paroi dans la chaloupe, un gros tas de gilets de sauvetage à leurs pieds. En mer il y avait comme des pastilles effervescentes, écume et cris. Et elle voyait, elle distinguait, un autre bateau, beaucoup plus petit mais grand quand même. Ses yeux protégés de la main contre les guirlandes de Noël s'habituaient à la nuit, et rattachaient les bruits aux mouvements, elle comprenait qu'on sauvait des gens.

D'autres passagers au bastingage tentaient de voir aussi. C'étaient des Français de Montauban, elle les croisait au restaurant deLuxe. Ils la saluèrent, ils étaient ivres. Les deux femmes, jeunes, piétinaient en escarpins, il y en a pour des plombes estima l'une d'elles. Un homme criait à l'autre « mais putain tu es dentiste, dentiste comme moi », la phrase les faisait rire sans qu'on sache pourquoi. Un autre couple courait vers eux, baskets et survêtement, faisaient-ils du sport à cette heure ? Ils ne parlaient aucune langue connue : des Scandinaves ? Rose leur expliqua dans son anglais du lycée qu'il y avait, là, dans la mer, des gens. Et peu à peu et comme se donnant on ne sait quel mot mystérieux, des passagers se regroupaient. Il était quoi, quatre heures et demie du matin. La chaloupe avait touché l'eau, cognant contre le flanc du paquebot, le moteur démarrait impeccable sous l'œil des passagers penchés, l'officier à la proue et les deux marins derrière, debout très droits, comme un tableau. D'autres canots de sauvetage étaient parés à la descente. Elle se demanda s'il fallait qu'elle aille réveiller ses enfants pour qu'ils voient. Un employé surgit, « Ladies and gentlemen, please go back to your cabins ». Les canots peu à peu s'éloignaient, bruits de moteur mêlés. Les voix semblaient marcher sur l'eau. On demandait dans de multiples langues ce qui se passait, alors que c'était évident, pourquoi ils n'appellent pas les flics? C'est à la police des mers d'intervenir. Ces gens sont fous, ils emmènent des enfants. On ne va quand même pas les laisser se noyer. C'était une des Françaises qui venait de parler et Rose eut un élan d'amour pour sa compatriote honorable. Un officier insistait en anglais et en italien pour que tout le monde quitte le pont. Les Français ivres et dentistes avaient froid et un peu la gerbe : le bateau imprimait aux corps son léger mouvement vertical, sa légère chute répétée. Venez on va s'en jeter un, dit un dentiste. Rose resta avec la Française honorable pendant que l'autre femme se tordait les chevilles à la suite des hommes.

On n'y voyait rien. Pas de lune, les étoiles c'est trop diffus et le bateau n'éclairait que lui-même, grosse ampoule de projecteurs et de guirlandes. La mer était dans un contre-jour électrique dès qu'on voulait la fixer : on distinguait seulement cette agitation là-bas qui blanchissait la surface, et les pastilles fluo des chaloupes qui oscillaient. Ces taches jaune vif demeuraient sur les rétines et masquaient ce que Rose cherchait à voir, l'obligeant à fermer les yeux pour les ouvrir à neuf, et les lumières imprimées dansaient, multipliées en un Noël pénible. *Please, prego sinoras, passeggeri debbano tornare nelle cabine...* Confortée par l'autre Française, elles campèrent sur leurs talons. L'officier s'attaquait à un autre groupe, les bras écartés comme pour un troupeau. Tout en bas sur le premier pont, des matelots s'agitaient, ou des employés du bord, elle ne savait jamais comment les distinguer, tous vêtus aux couleurs de la compagnie. Quelqu'un parlait dans un mégaphone, dans quelle langue. Les syllabes rebondissaient sur l'eau comme des balles. Avec les ronds jaunes des chaloupes ça évoquait un tennis géant, mais sur clapot. D'autres casquettes revenaient pour les obliger à rentrer. Elles glissèrent par un sas, l'univers mauve et doré sentait la saucisse et le Shalimar, l'énorme chaleur du bateau les porta comme un rot jusqu'à l'autre flanc : *bloub*, elles ressortirent, rechargées en calories et ambiancées par la musique, terriblement curieuses et déjà chavirées.

*

Le temps de refaire tout le tour du paquebot, en coupant par la piscine c'était plus court, au bord de laquelle la Française honorable et elle attrapèrent des piles de plaids, et ainsi chargées aux couleurs de la compagnie, se retrouvant sur le pont inférieur, là où ça se passait, où la mer était toute proche mais quand même en contrebas, là où les passagers, groupe après groupe, avaient fait les exercices d'évacuation et où maintenant on manœuvrait pour de vrai, elles virent que le temps de refaire tout le tour du paquebot les choses avaient évolué : le bateau en détresse était maintenant parfaitement en vue, une sorte de petit chalutier avec une minuscule cabine et entièrement couvert de gens, y compris sur le toit de la cabine, amassés, serrés, criant tous la même chose. Beaucoup de croisiéristes s'étaient regroupés malgré les efforts de l'équipage. Quelque part dans le paquebot un chœur mal accordé chantait *Joyeux anniversaire*. Est-ce que l'aube pointait, ou un volcan ? Mais on était au fond de l'hiver et s'il faisait grand jour quelque part en ce moment ce devait être en Australie.

Et là, dans la mer, était-ce un nageur ? Est-ce qu'on pouvait nager dans cette position ? Ou un nageur souterrain, crawlant sous la croûte terrestre entre d'énormes embûches de lave et de glaise, et ressorti ici, au jugé, effaré ? Il était mort. Ils étaient en train de repêcher, là, juste au-dessous, le corps d'un homme mort.

Un mort comme ça, un mort soudain. Dans la chaloupe, des hommes d'équipage tentaient sur lui quelques manœuvres, mais ça se voyait, qu'ils n'y croyaient pas, un homme vivant ne tient pas sa tête comme ça. Elle eut ce réflexe, de tendre la main vers eux, d'essayer quelque chose, mais. Elle posa tous les plaids à ses pieds. Elle les avait emportés pour ceux qui auraient froid, pour les vivants. La Française honorable et elle se tenaient muettes. Voir un mort avec quelqu'un qu'on vient de rencontrer, cette intimité soudaine. Ses mains brûlaient d'énergie inemployée. À part sa grand-mère au funérarium du village, elle n'avait jamais vu de mort. Elle se vit dans le temps, au fond d'un entonnoir, dans le vertige des secondes, un vortex vu des étoiles, avec cette femme qui ne lui était rien et ce mort : elle savait que ce moment, ce 24 décembre à l'aube, elle et la femme qui ne lui était rien s'en souviendraient toute leur vie.

★

Du nerf. Du calme. Elle se donnait des ordres sur le ton des hommes d'équipage. Redescendre de l'hyperespace mental jusque sur le pont. Retrouver le passage. Le petit chalutier touchait maintenant le grand paquebot. Ça faisait *ponk*. La Française honorable était penchée sur le bastingage et criait des trucs, de quoi elle se mêle. Sur le chalutier en détresse on distinguait des formes plus petites : des bébés dans des bras. L'énorme paquebot rendait des vibrations sourdes, il s'ébrouait, comme un gros animal qui attend. Les hommes d'équipage empêchaient les naufragés de grimper à bord inconsidérément, les ponts n'étaient pas à la même hauteur, les femmes et les enfants d'abord, comme dans les films. L'idée, que Rose mit un certain temps à comprendre, était de faire monter les gens d'abord dans les chaloupes, puis de hisser les chaloupes façon ascenseur le long du flanc du paquebot. Les matelots accrochaient des chaînes comme sur les chantiers quand les grutiers se préparent aux lourdes charges. Tout se raidit. L'ovale d'une chaloupe s'élargit lentement, pleine de têtes rondes. Mais une chaîne monta plus vite que l'autre, il y eut des cris, la chaloupe pencha puis se rétablit à plat d'un coup sec, manqua verser. Quelle manœuvre ! Puis lentement l'ovale de la chaloupe grandit encore, dépassa l'étage aveugle des cuisines, la mer tout en dessous montait et descendait, et des hommes d'équipage l'arrimèrent au tout premier pont, cette chaloupe pleine de capuches et de bonnets et de scalps trempés, ils arrivaient.

Un homme s'était dressé avec un tout petit enfant, le premier enfant, ça fit une chaîne de bras, les matelots sécurisaient le transbordement, un matelot prit l'enfant qui le passa à un autre qui le remit dans les bras de la Française qui appelait. À croire que c'était son enfant, qu'elle l'avait attendu et qu'elle le recevait. La tête penchée sur lui, elle lui parlait, le couvrait, sa robe de soirée immédiatement trempée par le petit dégoulinant. Mais d'autres enfants arrivaient, et d'autres encore, à peine plus grands, qui marchaient d'eux-mêmes, et Rose soudain fut prise par l'événement, tous ces enfants mouillés, transis, vivants, arrachés à la mer qui est l'exact équivalent ici de la mort. L'équipage criait, un mouvement s'amorçait, on reculait. La copine de Montauban s'en allait avec tout un groupe – tout à coup elle comprit ce qu'elle avait crié : c'était *doctor, I'm a doctor*. D'autres passagers se pressaient sur le pont, un seul même visage blanc interloqué. Ça se bousculait, les naufragés montant en série et les passagers descendus voir, comme faits de matériaux différents, les uns mouillés, les autres secs. Les naufragées, maintenant c'étaient des femmes, toutes très jeunes et grelottantes. Rose alla pour ramasser les plaids et les offrir autour d'elle, mais de la lumière avait jailli du sol : une explosion dorée, des couvertures de survie qui se déployaient, leurs grands plis découpant la forme des arrivantes, qui s'asseyaient, s'affaissaient dans des bruissements. Mais les hommes d'équipage, d'un matériau ciré, les remettaient debout et les emmenaient, on entendait des *thank you,* des *merci* et des pleurs et des murmures épuisés. Puis arrivaient les hommes, ou plutôt des garçons, entre l'enfant et l'homme. Une main noire l'attrapa par la manche et le bout des doigts effleura sa paume, et il y a eu ce truc, cette secousse, *bang*, ce choc qui arrachait comme un petit morceau de temps. Mais elle n'a pas le temps, là, tout de suite, de penser à cette secousse, elle voit deux yeux et une demande : de l'eau.

C'est le langage international de la main en coupe vers la bouche – son cerveau paniqué lui propose en désordre trop de solutions, tout le paquebot dégouline d'eau minérale, plate, gazeuse, thé, café, soda, jus, bière, alcools, et dans sa propre cabine diverses boissons et jusqu'aux robinets de sa salle de bains, mais le temps qu'elle y aille, il vaut mieux qu'il suive les hommes d'équipage. Il est très jeune, des cheveux mouillés en boucles, un grand front un peu cabossé. Il ressemble à son fils. Elle se dit : si j'adoptais un enfant ce serait lui. Quand on adopte il paraît qu'il y a ça : la reconnaissance immédiate. Ou peut-être n'importe quel gamin lui demandant de l'eau ressemble à son fils ? Elle s'écarte de lui : là-bas il aura de l'eau, là où ils les emmènent ils auront chaud et à manger ; là-bas, elle montre : qu'il suive.

Et elle se tourne vers la mer – quelque chose approche. Une autre chaloupe mais il n'y a que deux hommes. Deux hommes debout en ciré bleu et jaune et un amas luisant et mouillé – un tas – combien de corps ? Elle chercha des yeux sa copine ou d'autres gens vivants – on la bouscula encore et elle faillit marcher sur un corps étendu sous un plaid, elle se dit c'est le mort, le premier mort. Elle l'enjamba.

On les mettait où ? C'était la dernière barque. Dans l'eau flottaient des taches rouge vif, des gilets que la mer ramenait. Elle était où, la copine, la copine *médecin* ? Avait-elle vu la barque des morts ? Ou bien, se cramponnait-elle aux enfants avec un truc à faire, un destin ? Cachait-elle sa tête dans des cheveux d'enfant ? Elle suivit des passagers, l'enveloppe du bateau la reprit, énorme, chaude et musicale. Pour la deuxième fois cette nuit, Rose rentrait à sa cabine.

★

Les enfants dormaient. Il était 6 h 12. Elle rangea leurs gilets de sauvetage. Elle s'assit. Il faisait chaud. Une douche. Voilà : une douche.

Il lui manque un sursaut, il lui manque de ressentir quelque chose de fiable. Il lui semble qu'elle est coupable, elle, Rose Goyenetche. Qui ne ferait pas de mal à une mouche. Son nom vient sûrement très bas sur la liste des coupables, non? Elle touche l'intérieur de ses paumes, elle essaie de trouver cette chose qu'elle a dans les mains, sa force; mais seule ça ne vient jamais. L'eau chaude coule à flots, le savon fait des bulles entre ses doigts, l'eau chaude du monde luxueux, la vapeur de l'eau froide faramineusement transformée en eau chaude et coulant par la bonde jusque dans la mer. Elle observe le creux sous son sternum. Ça bat. Elle est vivante. Elle voit le tas de morts dans la barque et elle voit le garçon qui a soif et elle sent la décharge de leur contact et elle voit son mari. Ça n'a aucun rapport. Le divorce et le sauvetage. Son couple, ou quoi, la migration. Il y a autant de différence entre les vivants et les morts qu'entre l'intérieur chaud du bateau et le rafiot glacé, là-bas. Elle se savonne et les images moussent. Elle voit des hommes jeunes, aux vêtements détrempés, frapper aux portes de son enfance, les portes vernies du village, et demander du travail, n'importe quoi, pour un euro de l'heure ils tailleront la haie, cueilleront les fruits, laveront les sols, torcheront les vieillards, soulageront les maux et répareront ce qui est cassé, il n'y avait pas d'euro à l'époque.

Elle coupe l'eau, sort dans la chaleur étroite de la salle de bains. La cabine fait un bocal d'air tiède, qu'il est facile d'imaginer soudain rempli d'un tourbillon d'eau salée, elle et ses deux enfants désossés tournant comme du linge dans un tambour de machine. Ils ont dû les emmener où logent les Philippins, les Péruviens, les Indonésiens qui entretiennent le bateau et servent et font les chambres. En cale. Dans la soute. On ne va évidemment pas les loger avec les passagers.

Son fils tend une main vers son téléphone. Sa grosse tête bouclée se soulève pour regarder l'écran, visage bleu pâle, puis se renfouit. Hublot. Le jour ne se lève pas. Le rond coupé en deux de la mer et du ciel est gris métal et bleu acier. *M'man*, dit son fils. Elle s'assoit. Elle caresse ses cheveux à la racine douce du front, il a quinze ans, il a cinq ans. Elle est ici et maintenant au point que ça lui tape dans la gorge, cet amour plus grand que l'espace. Un amour qui contient le monde. *Tu vas où ?* Il se rendort.

6 h 33. Encore une demi-heure avant l'ouverture du petit déjeuner, mais on peut se servir du café aux nombreuses fontaines. Elle trouve le thermos au fond du sac à dos de leurs excursions. Le rince. Prend un jean et un pull de son fils – pas le cachemire ; le laine mélangée. Et un caleçon, un tee-shirt, des chaussettes. Hésite devant la parka : il en aura besoin, son fils. Le K-Way alors. Non. La parka. De toute façon elle devient petite. Elle fourre le tout dans le sac à dos. Voilà. Maintenant tout semble urgent.

*

Les couvertures de survie font aux arrivants un sarcophage, ils sont alignés et emballés, quasi portatifs, et l'effort de l'équipage semble être de les ranger pour prendre le moins d'espace. D'autres employés sont apparus, laveurs de ponts et hommes de ménage. Elle reconnaît le serveur péruvien avec qui elle parle en espagnol au restaurant. Ils sont en train de fermer les sas, combien y a-t-il de sas par étage, peut-on disparaître dans le bateau comme une souris? Les cheveux mouillés de la douche ça me camoufle un peu se dit-elle, elle attrape une couverture de survie : qu'est-ce qu'elle est en train de faire?

Elle est dans la zone sous l'eau, sous le casino, il est profond comment ce bateau? C'est le quartier des employés. Dans une grande salle très éclairée, très embuée, sont assis, couchés, des tas de gens. Elle se faufile, pardon, excusez-moi, une grosse jeune femme moulée dans un jogging ne se poussait pas, des garçons assis se tenaient les genoux, des allongés dormaient, les voiles alourdis d'un groupe de femmes semblaient monter du sol pour bercer des bébés, c'était comme inventer une politesse ou une fermeté nouvelles pour glisser son corps parmi ces corps, ces plis, ces amas mouillés, sweat-shirts, tuniques, pulls, casquettes, survêtements, blousons à capuche. Tous sentaient la mer et le gasoil, et comme une grande odeur de poisson, tirés ruisselants de la gueule du monstre. Ça sentait aussi la pizza kilométrique que le paquebot produisait comme un sillage, et qui était en train de leur être distribuée. Il pleuvait dans la salle, l'évaporation en gouttes, au plafond. Il la regardait. Elle avait du mal à le reconnaître. Comme on échange deux bébés à la naissance. Le même nez droit, la même couleur, les mêmes cheveux bouclés mais presque secs maintenant, plus courts. Il détourna les yeux. Quelques miettes de pizza au coin de la bouche. Et le front ? Elle croyait se rappeler de bosses, comme ces bébés marqués par les forceps. C'était lui. Celui à qui elle n'avait pas donné d'eau. Il attendait, ses yeux faisaient deux lames, ils attendaient tous (sauf ceux terrassés qui dormaient), ils ne parlaient pas, l'air de savoir attendre (elle se dit qu'elle, elle ne savait pas). Ils attendaient sans rien maîtriser, aucun détail, aucun de ces détails cruciaux qui déterminent un avenir (elle se dit ça, aussi).

Elle lui tendit le thermos et le sac de vêtements. Il dit quelque chose qu'elle ne comprit pas. Merci, sans doute. Avec un court signe de tête, qu'elle ne sut pas décrypter, les yeux toujours baissés, timide, froid, humble, résigné, gentil, poli, épuisé ? Il lui manquait deux ou trois dents devant, quand même pas des dents de lait ? Il tenait le thermos, et ne bougeait plus. Elle était tombée sur un empoté. Elle le lui reprit, le thermos, lui versa du café dans la tasse-couvercle, la lui mit dans la main et elle sentit une deuxième fois la légère secousse, et il la sentit aussi. Il but et il redit quelque chose en murmurant. Il faisait une drôle de tête et elle se dit soudain qu'elle aurait dû sucrer, il avait bu le truc amer par politesse. Il tenait le sac de vêtements serré contre lui, sans l'ouvrir. Elle proposa le thermos autour d'elle, je suis désolée dit-elle à la ronde, je n'ai pas mis de sucre. Sorry. La grosse femme au jogging mouillé prit le thermos et l'objet se perdit de main en main dans un murmure. Il avait toujours les yeux baissés, elle était souriante faute de mieux, elle aurait aimé qu'il la regarde. Ils étaient là comme deux imbéciles. Vers le fond de la salle un homme en blouse blanche, le médecin du bord, l'air franchement débordé, normalement il fait plutôt dans la gérontologie, leur prenait les mains à tous, une par une, les deux mains, il portait des gants de latex, elle comprit parce qu'elle a eu le cas une fois chez un petit patient : la gale. Cent personnes à la louche, deux cents mains. Elle replia les siennes par réflexe. Dans un autre coin il y avait la Française, elle avait enfilé une blouse blanche, ça lui manquait à Rose, un truc officiel. Il y avait aussi deux employés du bord avec des iPad qui prenaient les noms et qui venaient vers elle, ils l'avaient reconnue pour une passagère sans la moindre hésitation, elle lança quand même son nom, « Rose Goyenetche, psychologue », mais ils avaient du boulot, au suivant. Ce n'était pas la peau, qui la sortait du lot, puisqu'il y avait quelques visages pâles parmi les naufragés, c'était la forme globale, elle le voyait bien, l'aspect flambant neuf de tout son être. Eux, les naufragés, avaient quelque chose d'usé, comme si leur silhouette, assis, couchés, accroupis, ou même debout, leur visage, leurs mains, leurs vêtements, les signes qu'ils jetaient, les gouttes qu'ils perdaient, comme si tout d'eux se portait vers l'avant mais bloqué, empêché, raclé et retenu jusqu'à la trame.

Le suivant, c'était lui. Il s'appelait Younès, elle comprit Youssef, non, Younès. Il dit aussi un nom de famille qu'elle ne saisit pas. Les deux officiels notèrent et passèrent à la grosse jeune femme en jogging. Younès dit quelque chose qui se terminait par *téléphone*. Elle lui tendit le sien, mais non : il sortit de sa poche un sac en plastique, Ziploc, hermétique, chez elle elle y met les carottes râpées, dans le sac un téléphone. Un vieux Samsung à l'écran fendillé, qui ne voulait pas s'allumer, ou plutôt si, il s'allumait – il lui montrait, ce n'était pas la batterie – mais rien ne se passait. On voyait des gouttelettes sous l'écran. Elle n'est pas

réparatrice de téléphones. Elle lui tend le sien à nouveau, ils se penchent tous deux sur l'écran, d'autres
têtes se penchent, la jeune grosse femme en jogging et
d'autres, il fonctionne, bien sûr, le sien, 7 h 19 ; mais il
n'y a pas de réseau. On est trop loin des côtes. Il y a
bien le wifi à bord mais elle n'a pas pris l'option, trop
chère, elle va au local internet. Bon, elle ne va pas leur
expliquer ça. Il dit, en français, qu'il a besoin d'un
téléphone. Il ne la regarde pas dans les yeux, pour lui
demander ça, il regarde dans le vide. La jeune grosse
femme en jogging les interrompt avec véhémence,
dans une langue qu'elle n'identifie pas mais où roule
un anglais mouillé. « Elle est Nigeria », dit-il d'un ton
quelque peu dédaigneux.

Mais à la case *Nigeria* la boîte à stéréotypes de
Rose est vide. Elle le trouve gonflé, dans l'état où il
est, soixante kilos tout mouillé, de désigner plus bas
que lui sur l'échelle détrempée du naufrage. Et de lui
réclamer un téléphone. Elle se lève parce qu'elle a une
idée. Elle lui parle sur le même ton affectueux et autoritaire qu'à son fils. Qu'il ne bouge pas, qu'il attende
(comme s'il allait bouger de là). Elle le tutoie parce
qu'il a quel âge ? – Seize ans. Elle enjambe les corps,
elle se dit que ceux-là au moins sont tous vivants. Et
quelqu'un l'arrête – ah, son thermos ! On le lui rend. Il
est vide, et elle en ressent un contentement très simple.

Pour la troisième fois cette nuit-là Rose retourne à sa cabine. 7 h 31. Se lave les mains. Ils dorment encore. Toute la cabine qu'elle redécouvre sans cesse lui paraît sans cesse d'un confort inouï. Elle se penche sur son fils. Enfoui dans couette et oreillers, pyjama chaud qu'elle exige qu'il porte, cheveux dorés, vaporeux, impeccables. Au-dessus, nuage d'édredons blancs, sa sœur, Emma. Le téléphone de son fils est à demi enfoncé sous l'oreiller. Elle le prend.

Cinq notifications en attente. Qu'est-ce qui serait le moins indélicat? Les noter pour les lui dire plus tard? Se les renvoyer à elle-même pour les lui donner à lire? ou rien? Elle n'a jamais lu aucun message qui ne lui soit pas destiné. Elle y met toute la force de son honneur. Ni de son mari, ni de son fils, ni de personne. Bien qu'elle connaisse leurs codes à tous, parce qu'ils perdent tout tout le temps, et qu'elle organise tout à la maison, les forfaits, les téléphones, les machines à laver, les courses, les vacances, le déménagement : tout.

★

Elle donne le téléphone de son fils à Younès. Elle lui donne aussi le chargeur, car elle a l'esprit pratique. Le contact de leurs mains produit le petit claquement électrique qu'elle attendait. Elle lui sourit, il prend un air sérieux, pas exactement sérieux, plutôt concentré, et même curieux : elle se dit qu'il va lui parler de ça, de la force du fluide entre eux, elle est prête à s'en expliquer, c'est parfois gênant, cela lui arrive avec d'autres gens. Mais quoi, elle vient de lui donner un téléphone. Il se met à l'ausculter. La grosse jeune Nigériane a mis le pull en laine mélangée de son fils. C'est contrariant. Mais si cette fille en a besoin, après tout. Elle est toute boudinée dedans. Deux seins comme des pastèques. Pas le pull adapté. Younès a ouvert le téléphone. Sa carte SIM ne s'adapte pas. Sur sa lèvre supérieure luit un peu de sauce tomate qu'elle a envie d'essuyer, elle se retient, ça énerve son fils quand elle fait ça.

Un mouvement avait lieu dans le fond de la salle, une rumeur, quelques-uns s'étaient levés, d'autres dormaient toujours – on leur donnait des informations, ou des ordres, elle ne comprenait pas mais ceux dont les yeux étaient ouverts fixaient le même point. Et cette vision, ceux-ci debout tendus, ceux-là effondrés au sol, s'imprima sur sa rétine avec la puissance d'un tableau. Plusieurs officiels les pressaient de bouger. Younès la regarda : elle lui fit signe de garder le téléphone, elle confirma, oui. Il se faufila. Il était grand, beaucoup plus grand que son fils, mais elle perdit sa silhouette dans la mêlée.

Un silence s'était fait. Un homme avait pris la parole. En anglais. C'était le capitaine. La veille il avait posé avec sa fille. Il était jeune mais buriné, blond mais solide, barbe branchée mais *loup de mer*. Il avait honoré le Club Moussaillons de sa visite, et clic, le photographe du bord avait *immortalisé l'instant*. Mais l'homme qui parlait dans son uniforme blanc n'était plus là pour la galerie, il parlait secours, soins médicaux, vedette des gardes-côtes italiens. Un brouhaha, une tempête d'exclamations accueillit ces paroles. « En Italie » répétait le capitaine. Les voix s'apaisaient, certaines exclamations étaient de joie, certains aussi pleuraient. Elle se demanda si les morts avaient été mis à la morgue du bateau. Qui était le mort de qui. Si Younès avait perdu quelqu'un. Si on faisait suivre les morts, et jusqu'où. Les femmes et les enfants d'abord, *women and children first*. Elle se sentait appelée. La grande phrase. La phrase fatale. Elle se leva, des points noirs de vertige dansèrent devant ses yeux. Elle songea aux billes scintillantes, éloignées, s'éloignant, des gouttes de mercure explosées d'un thermomètre, et que des hasards séparaient ou réunissaient. Elle avait entendu parler de cet Anglais qui avait tenté de cacher dans sa voiture une petite Afghane pour qu'elle rejoigne sa famille. Un article racontait que sa femme l'avait quitté depuis qu'il vivait dans le camp à Calais. Mais le camp avait été évacué, est-ce que sa femme l'avait repris ? ou s'obstinait-il à se cacher avec les autres dans les dunes et les bosquets ? Elle se demanda fugitivement s'il buvait, comme son mari à elle. Quel genre de mari c'était. Et le capitaine. Quel genre de mari. Quelle vie on a quand on est capitaine, au grand cœur, au long cours. Si on est le même en mer et à la maison.

Tout le monde s'était levé, les femmes, les enfants et les hommes, les conquérants et les échoués, et c'est dans ce mouvement que Rose vit le tableau, *Le Radeau de la Méduse*, cette pente de la marée humaine, ils fixaient tous un point là-bas – le capitaine, l'espoir, et derrière lui, un couloir, l'Europe.

Mais la salle cliqueta de toutes parts, piailla, siffla, chanta, sonna et vibrionna, comme si toutes les gouttes tombaient d'un coup du plafond. Tout le monde se penchait. Des rectangles de lumière bleue apparaissaient sous les visages. Le réseau. On approchait d'une côte. Tout le radeau de la Méduse consultait son téléphone. Pour Rose il n'y avait qu'un texto, de son mari : « tu me manques ». 8 h 38. Elle appela son fils, et qu'est-ce qu'elle entend, au fond de la salle ? « C'EST TA REUM QUI T'APPELLE, GROS, C'EST TA REUM QUI T'APPELLE ».

La sonnerie idiote que son fils avait programmée. Évidemment. Elle coupa, confuse. Et elle localisa Younès. Par-dessus les têtes, son très jeune visage éclairé par le téléphone, son front vaste, elle le voyait : il enfonça le téléphone dans sa poche et il regarda le capitaine. Il allait à l'aventure. Il avait réussi le plus dur du voyage. Il partait, à l'avenir. Le capitaine criait un ordre. Et si le capitaine avait, lui aussi, senti vibrer dans sa poche un appel, il n'en montrait rien. Il continuait ici et maintenant à diriger le bateau et le monde.

*

Son fils avait renversé matelas et couette et retourné tous ses vêtements. « Il va réapparaître. » La phrase qu'elle disait pour les doudous perdus et les clefs et les lunettes et la carte de transports et le portefeuille et le téléphone. La phrase apaisante, maternelle, conjugale. Conjurante. Et toujours (presque toujours) ça réapparaissait. Il lui prit son téléphone des mains pour appeler le sien. Il avait voulu s'appeler avec celui de sa sœur, le petit Nokia, mais il était déchargé. Rien ne sonnait dans la cabine, ni dans la salle de bains ; pourtant Gabriel se souvenait bien que son téléphone n'était pas sur silencieux. Elle soulevait quelques oreillers pour la forme. Il lui fallait un café. Emma geignait qu'elle avait faim.

Il y avait trop de monde à la cafétéria, et toujours pas de téléphone. « Je l'avais cette nuit ! » se lamentait son fils. Ils tentèrent le restaurant. Ils trouvèrent une table, chance, près de la baie vitrée et pendant qu'elle buvait un expresso en grignotant des amandes et des fruits (ses propres amandes bio de récolte équitable, qu'elle transportait par kilos, son mari l'appelait plaisamment *mon écureuil*), Emma empilait des croissants et des pancakes et des gaufres et des donuts et du Nutella et du sirop d'érable. Elle leur coupait des bananes et leur pelait des pommes qu'ils ne mangeaient pas, alors elle les mangeait. Son fils s'énervait sur le téléphone en tentant vainement de se connecter : sans wifi évidemment pas moyen. Elle le gronda parce que l'écran était maintenant gluant de Nutella.

Elle songea qu'elle était plus heureuse qu'elle ne l'avait été depuis des mois. Elle était même parfaitement heureuse. Ses enfants étaient magnifiques. La mer était d'un bleu royal. Le ciel aussi. Et on ne voyait rien d'autre. Une planète d'eau tournoyant dans le ciel.

Gabriel retourna à la cabine fouiller encore. Elle ne put s'empêcher d'ironiser sur sa dépendance, il rétorqua furieux qu'il avait pris des notes. Des notes pour quoi ? Des notes, laisse. Elle se mit à déambuler dans le bateau avec Emma. Elles prenaient leur temps avant l'ouverture du Club Moussaillons. Les passagers, très vieux, se distribuaient lentement dans l'espace comme des homards arthritiques ; en peignoir vers les saunas, en maillot vers les piscines, en tenue de sport vers la salle de sport, en tenue de ville, de soirée, de plage ou de n'importe quoi pour ceux qui descendraient déjà au casino. Dans la galerie marchande elle s'arrêta devant la vitrine du photographe : sa fille et le capitaine y étaient. 10 euros. La petite serra le tirage contre son cœur et elle dut le lui prendre : au club pour enfants elle l'abîmerait. Je ne veux pas aller au club, dit Emma. Tu n'as pas le choix, dit Rose, je suis en vacances. Le capitaine était aussi beau en photo qu'en vrai. Elle déposa Emma sanglotante au Club Moussaillons, et continua jusqu'au centre administratif du bateau. Elle commanda une excursion pour le Parthénon, obligé, et un abonnement internet pour les jours qui restaient. Elle devait bien ça à son fils. Puis elle appela son mari. Ensuite, enfin, elle se reposerait.

Il avait une voix normale, tendue mais normale. 10 heures. Il était sobre. Il partait pour une énième visite de la rue d'Aboukir. Et déjà à ressasser sur son patron et toute son équipe de bras cassés. « Tu vas faire un *burn-out* », lui dit-elle. Et il avait reçu une facture délirante, pour les travaux de leur maison de Clèves. Ça faisait beaucoup à gérer, ce chantier, leur déménagement à venir, et le nombre d'appartements invendables que lui refile son patron sous prétexte qu'il est le meilleur agent. « Tu fais un *burn-out* », lui répéta-t-elle. Mais il n'entendait pas. Il n'entendait pas depuis des mois, des années. Si elle lui disait « je te quitte », est-ce qu'il entendrait ?

Elle se cala dans une chaise longue le long de la baie vitrée. Dans son dos clapotait la piscine. La facture, c'était la salle de bains, la pose des petits carreaux qu'elle avait choisis, de *très* petits carreaux – elle écarta un peu le téléphone de son oreille. Des passagers en peignoir blanc regardaient, comme elle, la mer. Une atmosphère de cure. « Gabriel ne trouve plus son portable » dit-elle pour changer de sujet. Son mari eut un hoquet : on n'allait pas *encore* lui en racheter un. « Mais sans portable, tu sais comment ils sont. Sans portable, ils préfèrent être morts. Ils préfèrent être sans zizi. » « Et aux objets perdus du bateau ? » suggéra son mari.

Elle se leva pour se servir un café. Son mari parlait dans ses écouteurs. Elle se demanda comment il ferait, si elle le quittait. Elle ne le laisserait pas lui parler comme ça, amicalement en quelque sorte. S'épanchant pour chercher courage et solution. Écouter, écouter... Non, elle ne lui prêterait plus l'oreille. Le café était de l'eau amère. Les expressos n'étaient pas compris dans la formule « tout compris ». Comment se donne-t-on rendez-vous en mer ? À un point fixe, au croisement de telles longitude et latitude ? ou bien les deux navires se dirigeaient-ils l'un vers l'autre ? lequel était le plus rapide ? Son mari lui parlait maintenant *depuis* la rue d'Aboukir, il arrivait devant le n° 44 ; et elle ne distinguait pas de rivage, seulement le bleu coupé par une ligne, bleu clair en haut bleu foncé en bas, le même camaïeu qu'avait dû contempler Ulysse.

Elle décida d'aller au bar de la poupe, contempler le sillage et s'offrir un expresso. Voilà : dans l'immédiat, elle se proposait ce but. Le bar s'appelait le Miramar et l'inspiration était néogrecque. Avec des frises carrées. Le 44 de la rue d'Aboukir était invendable parce qu'un meurtre très médiatisé y avait eu lieu. La porte et les fenêtres étaient passées à la télé derrière lesquelles la jeune Veronika L. avait été séquestrée, violée, et assassinée. Une locataire suppliciée et un appartement pestiféré. Personne ne voulait du dossier, non seulement dans l'agence, mais dans toute la compagnie et peut-être dans la ville. Une mare de sang. Les propriétaires, un couple de vieux banals, avaient tout fait refaire, à leurs frais bien entendu, n'attendez aucune aide pour ce genre de choses, son mari leur avait trouvé l'entreprise spécialisée, les types débarquent en cosmonautes, arrachent le non-nettoyable, nettoient le non-arrachable, l'appartement ressemble ensuite à la friche détrempée d'un incendie. *Ground Zero.* C'était leur seul bien. La locataire leur payait leurs vieux jours. Et on la leur dépèce. Son mari leur a même trouvé un psychologue, un collègue à elle. Son mari, oh elle le connaissait, avait voulu *sauver* ces petits vieux. Ce matin il avait rendez-vous avec un ingénieur de Total Nigeria, le genre de type pressé qui a du pognon et pas de temps à perdre pour les faits divers. Le pied-à-terre idéal pour célibataire expatrié. En plein quartier Montorgueil, sous les toits.

Le sillage était magnifique. D'une parfaite régularité, gonflé comme deux lèvres. Rose attendait devant les baies vitrées, appuyée contre la mer, guettant de temps en temps le serveur, le voici, son expresso sur un plateau. Elle souhaita bon courage à son mari, à qui l'ingénieur du Nigeria faisait signe du bout de la rue ; et songea aux naufragés, plusieurs étages sous elle, qui attendaient. Elle but son très bon expresso italien. Sur sa carte mentale les deux bateaux, le paquebot et la vedette, faisaient des points clignotants qui convergeaient. La Méditerranée était une sorte d'otarie avec un long museau pointé sur Gibraltar, les Baléares en guise d'yeux, la Corse et la Sardaigne pour oreilles, la Sicile en nageoire. Au-dessus, planait Veronika L. En dessous, les noyés.

Tout à coup elle vit entrer son fils. Il semblait téléphoner, tête penchée. Oui, il téléphonait, l'animal, avec le petit Nokia de sa sœur, alors que la petite a un forfait limité, ça va coûter une fortune. Il coupa en la voyant. « Je fais tout le bateau en m'appelant, expliqua-t-il. Je finirai bien par m'entendre. Il sonne, mon téléphone, il n'est pas coupé. »

Il était rouge, essoufflé. « Ça sonne comment, quand ta sœur t'appelle ? » Il eut l'air soulagé qu'elle prenne à cœur son problème. « C'EST TA GROSSE SISTA QUI T'APPELLE », il imita la voix nasillarde que faisait la sonnerie. Elle se demanda comment Younès gérait un téléphone répétant : « C'EST TA GROSSE SISTA QUI T'APPELLE ». Elle espérait qu'il l'avait mis sur silencieux.

« Emma n'est pas grosse », dit-elle. « C'est une expression », dit son fils. Elle lui demanda s'il voulait boire quelque chose : un Coca. Il était fébrile, il parlait de ses notes, ce truc qu'il écrivait ce serait terrible s'il l'avait perdu… Elle lui dit qu'elle avait pris l'option wifi, qu'on retrouverait toutes ses données, que normalement rien ne se perd. Qu'on ne dirait rien à papa mais qu'à la prochaine escale, elle se renseignerait pour lui acheter un nouvel iPhone; aussi bien en Grèce ils ne sont pas chers et en bateau on a droit à la détaxe.

Elle vit dans la baie vitrée la vedette des gardes-côtes italiens. Blanche et rouge. Son fils lui avait emprunté son téléphone et cherchait à connecter le wifi, il entrait frénétiquement des codes. Il se leva d'un coup, renversa son Coca. « Il est là » dit-il. Il pointait le doigt vers la salle, vers le bateau. Elle épongeait avec des serviettes, un serveur accourait, remplaçait le Coca, son fils lui montrait, sur l'écran, où était son téléphone – là, ici, sur le bateau. Un point bleu pulsait dans des croisillons de lignes, tout proche du point rouge symbolisant leur position. Son fils zoomait et dézoomait : l'application ramait un peu – le point semblait à quelques mètres d'eux mais zigzaguait par à-coups; il était, songea Rose, *sous eux*, son fils filait tout droit, tenant l'écran à plat devant lui comme une boussole : attends-moi, disait-elle. Attends-moi. Hé, c'est *mon* portable !

*

La vedette avait accosté. Une masse considérable de passagers assistaient à la manœuvre, pare-battages et lancer de bouts. Mais on ne pouvait plus accéder au pont inférieur : les migrants y étaient rassemblés et tous les sas étaient fermés. Rose, dans toutes ces têtes vues du ciel, cherchait Younès. Les enfants et plusieurs femmes formaient un petit groupe séparé. Il n'était plus un enfant et pas encore un homme. Où était-il? On était trop haut. Les passagers parlaient tous en même temps dans toutes leurs langues. Ils filmaient avec leurs portables, tendant le bras vers la vedette puis se repliant en une chorégraphie de flamants roses, prenant des selfies, allongeant et rétractant leur amplitude. On fumait, on tweetait, on buvait des cafés. Cent cinquante migrants d'Afrique de l'Ouest plus une dizaine de Soudanais, quelques Érythréens et, personne ne savait pourquoi, deux Vietnamiens. Le soleil chauffait. Bientôt midi. Pas de vent. Il faisait extraordinairement beau, le ciel était dégagé : la Méditerranée à Noël.

Les avis étaient partagés. L'énorme bulle des commentaires gonflait comme une vapeur, montait dans les cheveux et se diluait dans le ciel bleu. Toute la misère du monde, non, mais une partie. Ils ont le choix, regardez ils sont tous noirs c'est pas la guerre, c'est pas la Syrie. Qu'est-ce que vous en savez, vous avez entendu parler de ce qui se passe en Érythrée. Et les frontières ouvertes ou fermées. Et en elle aussi

Rose sentait des clapets, clic clac comme un flipper. Et elle visualisait, à nouveau, son village natal, Dieu sait pourquoi lui venaient des vues, presque des cartes postales, la place aménagée, les ronds-points européens, l'auberge devant le fronton et le cimetière à stèles rondes et l'église du XIXe et la médiathèque et les deux écoles maternelle et primaire et le parking entre les deux, et toute la centaine d'étrangers au milieu dans des tentes. Ou bien. Ou bien chaque habitant du village en prenait un. Là-bas, dans le creux du Sud-Ouest, loin de tout, dans les grandes maisons et les résidences secondaires vides. Il y a une logique absolue à mieux partager la planète, mais à Clèves ? Là où précisément elle déménageait pour trouver le repos ? Elle cherchait du regard la Française honorable mais ne la voyait pas.

Son fils avait le cou tordu et les doigts crochetés sur l'écran de son téléphone, son téléphone à elle. Elle lui caressa le dos. Qu'il se détende, qu'il regarde. La mer. Et les migrants. La foule. Le ciel bleu. Le monde. Qu'il lui dise ce qu'il en pense. Qu'il en pense quelque chose. Qu'il trouve, qu'il lui dise quoi faire et quoi penser.

Mais elle se rendit compte qu'il composait, une fois de plus, le numéro de son fichu objet perdu, en appuyant sur le contact « Gabriel », et elle eut peur que ça sonne en bas, sur le pont des évacués, que retentisse le fâcheux « c'est ta reum qui t'appelle, gros ». Mais on n'entendait que le tambour des bateaux accolés, la vedette qui semblait minuscule frottant l'énorme mur du paquebot, et la mer se cassant entre les deux, aspirant, crachant, effrayants phénomènes de succion géante. Personne ne voulait tomber là-dedans. Elle retenait son fils par la manche tout en guettant You-nès, rien ne sonnait, aucune phrase ne montait sauf des ordres et des clameurs, et le silence, le silence de l'attente.

Ils montaient dans la vedette. Aidés par l'équipage et tous porteurs de gilets. C'était bien organisé. Mais on n'y voyait plus grand-chose. Sur la piste de rollers, tout en haut, il y avait une petite terrasse en plein soleil, avec des, comment on appelle ça, des lunettes ou des télescopes.

Elle n'était pas seule à avoir eu l'idée. Elle attendit son tour derrière une file de passagers. Et quand elle colla les yeux dans les – binoculaires ? – son fils soudain lui dit : « C'est dégueu, de faire ça. C'est *voyeuriste*. » Elle pointait les jumelles vers toutes ces têtes qui laborieusement passaient une par une d'un bateau à l'autre, du gros bateau au petit bateau, par le goulet d'une passerelle sécurisée. Elle ne voyait pas Younès. Et elle cherchait à quoi ça la faisait penser. Il y avait une friction, un engorgement, une tête voulait passer avant l'autre. Puis ça se fluidifiait. Ces vues au microscope de globules rouges cheminant dans les veines, se comprimant, s'accolant, se séparant, luttant au sein de forces vitales. Elle eut un flash du mort enjambé dans la nuit. Et de la barque avec les deux marins debout. Elle leva la tête et le ciel explosa dans ses rétines, ses pupilles se contractèrent. Que son fils regarde, qu'il voie, qu'il lui dise. Tous deux passés au ras des guerres et des désastres, deux patachons sur la planète. L'avenir de son fils serait plus sombre que le sien, elle en était sûre. Mais toujours moins sombre que celui de Younès. Selon toutes probabilités et statistiques. Le problème avec les migrants, c'est combien ils sont angoissants.

La vedette se décrochait. Les croisiéristes criaient au revoir et bon voyage, plusieurs migrants répondaient de la main. C'était plutôt joyeux. La vedette accéléra d'un coup pendant que le paquebot remettait les gaz, si ça se dit pour un bateau, en tout cas la vibration se fit plus forte, on repartait. « C'est eux ! » cria son fils. Sur la géolocalisation : le point bleu s'écartait du point rouge. Le petit point bleu pulsatif, symbolisant son téléphone, *sortait* du paquebot. Et s'éloignait, en mer, dans le quadrillage vide.

« Mon téléphone ! répéta son fils. C'est eux ! Eux, les mecs, sur l'autre bateau ! Ils m'ont volé mon téléphone ! » Elle tourna son visage vers le soleil. Merveille que ce vent tiède et léger sur cette planète diversement couverte d'eau. Il faisait 20° le matin en plein hiver. Jusqu'à la douceur qui était une angoisse de plus, climatique.

Elle remit un euro dans les binoculaires, suivit un instant la vedette puis opéra une grande rotation sur la mer : il y avait, pas très loin, un autre petit bateau qui semblait observer toute la scène. Un œil était peint sur la coque, comme on peut en voir en Turquie, ou en Égypte, ou va savoir en Libye, avec une inscription en arabe. L'œil la regardait. C'était idiot.

« Ils partent avec mon téléphone » insistait son fils incrédule. Il demandait qu'elle nie, qu'elle le rassure, comme les enfants qui veulent qu'on leur dise : le loup est gentil, et en plus il n'existe pas. Elle regarda son fils avec les binoculaires. Il était énorme et complètement flou : une masse dédoublée, rose et jaune, vibrante. Il voulait une autre version, un conte ou la vérité. Il avait quinze ans.

Mais il fallait aller chercher Emma au club, c'était bientôt l'heure du déjeuner. Maintenant il cherchait comment, comment ils avaient fait, par quel moyen ils étaient entrés dans la cabine, à quel moment, invisibles, sournois, labiles, ils avaient fouillé ses affaires, hanté ses abords, magnétisé ses possessions, ils avaient même volé son chargeur, il ne le trouvait plus non plus.

Au moins savait-elle désormais que Younès était bien monté à bord de la vedette.

*

Au déjeuner, tardif, ils choisirent la formule Escapade, pour elle un filet de sole avec mesclun de salades, pour Emma des lasagnes, pour Gabriel une escalope milanaise qu'il ne touchait pas. C'était d'un pénible, de le voir se torturer pour ce téléphone. Elle n'aimait pas trop non plus qu'il traite les migrants de voleurs, hein, d'ailleurs il faut dire réfugiés, ou exilés, oh pitié disait son fils. Quoi pitié, tu les as vus dans leur misère, toi? Pourquoi pas dire émigrés comme de mon temps, et les laisser atterrir deux secondes? Rose s'énervait, son fils s'énervait aussi, tu me fais rire avec ton gauchisme de bourge – Quoi? En tout cas il avait réussi à récupérer ses fameuses notes par le

53

cloud, et tous ses contacts. Mais c'est des notes pour quoi demandait sa mère en essayant de se calmer. On est en croisière, allez, on est en vacances.

On avait pris du retard pour l'arrivée à Katakolon, un officiel passait de table en table pour rassurer les passagers, l'excursion à Olympie aurait bien lieu, à peine raccourcie, ceux qui préféraient pourraient se faire rembourser. Elle aurait bien aimé que les enfants voient Olympie pour leur programme scolaire, mais elle s'était levée si tôt, quelle fatigue, et puis demain quand même on irait au Parthénon. C'était des notes pour un devoir à rendre ? Un couple de Français protestait : ce soir c'est Noël, à quelle heure on rentrerait ? Elle avait oublié. Emma n'avait pas oublié.

Emma avait réclamé au serveur une feuille de papier et écrivait une énième lettre au père Noël : des rollers mauves (ceux qu'on louait sur la piste de rollers étaient des rollers *de garçon*), des Playmobil croisière avec le bateau, et aussi des Playmobil pirates, un métier à tisser des bracelets brésiliens… il fallait tout lui épeler, elle était en CE1. Tu ferais mieux de les dessiner, dit Rose. Gabriel appela le serveur pour avoir la carte des desserts – mais tu n'as pas mangé ton escalope. Emma demandait comment ça s'écrivait, *My Sims Get Famous.* Dessine-le ! cria Rose. Mais c'est un jeu DS, gémit Emma. Et ben dessine un carré, dit Gabriel, et il s'empara du crayon pour dessiner un grand carré sur la lettre au père Noël et Emma se mit à pleurer et Rose explosa puis s'excusa auprès du serveur souriant qui lui dit, en espagnol, qu'il avait la même petite fille à la maison, la même adorable petite fille exactement, et tout en plantant deux cigarettes russes dans la glace d'Emma reniflante il montra sur son téléphone la photo d'une petite Inca, deux nattes noires et un nez aquilin. Elle ne ressemblait pas du tout à Emma. Rose admira. L'indifférence malpolie de Gabriel l'embarrassait, mais la fatigue lui tournait la tête, elle se leva, elle était debout depuis 4 heures du matin, elle exigea de Gabriel qu'il emmène sa sœur au club, et monta, ou descendit elle ne savait plus, à sa cabine Prestige.

*

La cabine avait été faite. C'était un délice de se glisser nue en pleine après-midi dans un grand lit aux draps propres et tirés. Elle jeta un coup d'œil par le hublot. Aucun vis-à-vis évidemment. C'est un réflexe parisien. Et même si un bateau croisait, qui repérerait sa silhouette minuscule parmi les centaines d'ouvertures ? Un immeuble flottant, avait dit son mari en feuilletant la brochure. Mais c'était plus qu'un immeuble. C'était une ville rêvée, l'utopie à la portée des déambulateurs.

À mille euros la semaine, certains *seniors* préfèrent les croisières aux maisons de retraite. Il y a un médecin à bord. Et un prêtre. Elle les imaginait, vieux et voguant loin des rivages tumultueux, mourant en mer dans le coton des paquebots comme des papillons piqués, sur un océan acide, au long des côtes submergées d'où migraient les réfugiés climatiques. Après leur croisière, le bateau appareillait pour un tour du monde, le même bateau; ça faisait rêver Gabriel et Emma. Quatre mois par Marseille, Dubaï, les Maldives, l'Australie et Tahiti et Hawaii et Panama et les Antilles, et zou. Il y aurait quelques enfants à bord, avec des précepteurs. Rose avait dû leur expliquer le mot.

Les jambes repliées, les coudes près du corps, elle était blottie, une bulle sous le drap. Un mécanisme puissant portait tout le bateau, qui rattrapait son retard, elle imaginait les hélices... une maison de repos à hélices... Elle avait déjà vécu toute une journée et toute une vie. Elle voyait s'approcher lentement une barque. Un homme barrait debout à l'arrière, sur l'horizon pointait un volcan. La barque venait vers elle, pour elle – elle se réveilla en sursaut. Quelle heure? Elle tendit la main vers son téléphone et se souvint qu'elle l'avait prêté à son fils. La cabine semblait pleine à ras bord d'un fluide étrange. Elle sentait encore dans ses jambes, dans ses hanches, l'écartement, quand elle avait enjambé le corps. Elle avait, ce matin, enjambé un mort. Pour ne pas lui marcher dessus. L'idée même qu'elle aurait pu lui marcher dessus. Le contact, l'idée du contact. Elle eut à nouveau l'impulsion, vers le téléphone. Elle aurait pu appeler son mari. Reprendre pied dans le monde. La terre ferme. Ou Solange, bavarder avec sa meilleure amie. Ce qui s'était passé cette nuit ne faisait pas partie de sa vie. Il fallait reprendre, renouer le fil. Du nerf. C'était peut-être l'effet bizarre des vacances, aussi. Depuis le temps qu'elle n'était pas partie en vacances. L'effet du départ. Dès que le paquebot avait appareillé, elle n'avait plus pensé au travail. Plus du tout. Très efficace, l'effet croisière. En découdre avec la mer. Affronter les éléments. Elle se tourna pour voir par le hublot. Ils étaient à quai. Le quai était vide. Le soleil avait baissé.

Gabriel n'aurait pas eu l'idée de descendre seul, n'est-ce pas ? Il lui fallait sa carte de bord pour aller à terre et elle était là, sur la table, avec celle d'Emma. Elle s'habilla. On était où ? Il restait 1 % de batterie sur le téléphone de la petite, où était le chargeur ? C'était sûrement la Grèce. Katakolon à tous les coups.

Le père Noël était au club. Emma, maquillée en chat, avait reçu des cadeaux, elle les lui montra un par un : la casquette aux armoiries de la compagnie, le paquebot porte-clefs aux armoiries de la compagnie, le truc en plastique pour faire des bulles aux armoiries de la compagnie, et une sorte de lanceur de balles, armorié idem. Sous la barbe du père Noël il y avait un des animateurs, Hamid, la veille il l'avait vaguement draguée, elle lui emprunta son téléphone.

Gabriel était à la salle de sport. Qu'il ne bouge pas, elle arrive. Papa, lui dit-il, t'a appelée au moins vingt fois. Emma-chat avait une grande griffure rouge en travers du front. Le père Noël expliqua à Rose qu'on avait projeté *Bambi* en version italienne puisque les enfants italiens sont majoritaires au club, n'est-ce pas, les autres parlent anglais ou allemand et il y a des sous-titres anglais pour ceux qui savent lire, bref, Emma la seule Française s'est mise à pleurer sans qu'on parvienne à déterminer si c'était la mort de la mère de Bambi ou le fait qu'elle n'y comprenne rien, toujours est-il (à ce point du récit Rose sentit la petite main gluante de sa fille se tortiller dans la sienne pour dire non, non, ce n'est pas ça du tout) qu'un enfant italien, deux enfants à vrai dire, un frère et une sœur, avaient un petit peu griffé Emma qui les empêchait, n'est-ce pas, d'entendre le film à force de pleurer. Ils m'ont traitée de sale Française, émit Emma. La barrière entre les langues n'était donc pas infranchissable. La petite main ne cessait de vouloir propager sa propre version des faits dans la sienne, un courant de fille à mère, exigeant, urgent, quelle fatigue. Elle lui acheta une glace. Ce n'était pas très compliqué.

Le paquebot était calme. Elle aimait les escales : le bateau se vidait. Elle n'avait pas mis les pieds à Barcelone. Pas davantage à Rome : qu'y faire en dix heures dont quatre de bus? Contemplé d'en haut les remparts de La Valette. Mais Athènes, quand même, obligé : on ferait le Parthénon. Demain. La seule idée l'épuisait. Emma, elle, paraissait en forme, son régime de glaces et d'air marin lui faisait du bien. Elle courait dans les couloirs : pas un vieillard en vue. Cours, Emma, cours! Le vide produisait son effet euphorisant. Le son de ses petits pieds sur la moquette s'éteignait, Emma disparaissait à l'angle; le couloir semblait désert; *bouh!* elle surgissait. Et se retrouver à chaque fois les faisait bondir de bonheur. Sa fille dans ses bras riait de joie extrême, de joie folle, aussi profonde que sa tristesse vingt minutes avant. Vivants, ils étaient tous vivants. Elle allait retrouver son fils. Elle allait appeler son mari. Elle se poserait encore la question de le quitter, peut-être, mais vivant.

Gabriel courait sur un tapis roulant face à la Grèce. Il était beau comme un jeune dieu. Sans s'arrêter il lui rendit son téléphone, la batterie était presque à plat. Elle vit qu'il avait effacé l'historique. Elle eut un petit choc en songeant à tout ce qu'elle paierait hors forfait. Elle appela son mari, on est à Katakolon, en Grèce... Elle l'écouta raconter – dis-moi vite je n'ai presque plus de batterie – elle entendait le son familier de la bouteille et du verre – il n'était que 17 heures – que l'ingénieur de chez Total s'était pointé avec sa fiancée du Nigeria, il n'était pas du tout célibataire, une créature extraordinaire, genre princesse, une beauté, filiforme, les ongles rouges, les lèvres rouges, une robe, ces robes qui se croisent, oui, portefeuille, elle regardait tout avec dédain, j'ai cru qu'elle ficherait tout par terre, et puis finalement *cash*, pas d'emprunt ni rien, je me demande si ce n'est pas elle qui paie, rendez-vous lundi chez le notaire, ils n'ont jamais entendu parler de Veronika L. ou bien ils s'en fichent. Mais moi, ajouta son mari, moi ça me colle quand même le bourdon.

Elle le visualisait, dans son bureau sans fenêtre, porte fermée le temps de boire et d'appeler sa femme, de lui dire écoute cette croisière c'est bien mais rentre vite. Ensuite il rangerait la bouteille et rouvrirait la porte sur son patron caractériel et ses agents incompétents, et puis il filerait à la gare Montparnasse prendre le train pour Clèves, superviser les travaux de leur maison là-bas…

Emma aussi voulait courir sur le tapis, en chaussettes, pas trop vite Emma s'il te plaît pas trop viiiite, Gabriel en bon frère l'entourait de ses bras et riait. La Grèce ondulait dans la baie vitrée. La salle de sport, vide, au dernier étage, dominait le monde. Tous les sportifs du bord devaient faire Olympie. La télé diffusait les nouvelles en continu sans le son, le son très fort dans la sono c'était Rihanna, des bouts de tôle tordue jonchaient la terre orange avec des bouts de corps et dessous des phrases avec des chiffres et décidément le mot Nigeria.

Elle les persuada de descendre à terre, de prendre un peu l'air de la Grèce avant les agapes de Noël. Et puis un nouvel iPhone pour son fils. Ça le décida. Ils bipèrent leurs cartes dans le sas de sortie du navire. Tout de suite l'immobilité du sol les saisit. Leur corps tangua, c'était le mal de terre. À leur vue une dizaine de musiciens en fustanelle et chaussures à pompons se mirent furieusement à jouer du sirtaki, et deux danseuses frénétiques s'agitèrent dans le froid. Il fallait marcher longtemps dans l'ombre du paquebot, le vent creusait un couloir glacial le long de la digue spécialement construite. À la sortie de ce bloc d'ombre le soleil se couchait. Un nouveau groupe folklorique distribuait de l'ouzo devant le duty-free, merci. Les enfants prirent un énième jus de fruits. Emma s'amusait de se sentir bouger sans bouger, la mer encore dans les jambes alors que tout était d'aplomb, une histoire d'équilibre, d'oreille interne, le fond de l'oreille en bulle de charpentier.

Gabriel était devant les iPhone je ne sais combien. Elle avait donné à Younès un iPhone 5. La différence de prix était olympique. Est-ce qu'un Samsung ne suffirait pas pour un ado. Mais quoi, c'était Noël. Et puis hors taxe. Son mari, elle hésita, le whisky était donné. Elle prit un flacon de *Chance* pour sa mère et une Barbie de plus pour Emma. Du single malt comme il aimait. « Est-ce que je prends du whisky pour papa ? » Gabriel piaffait pour qu'on passe en caisse. Elle avait soudain énormément besoin d'aide. L'archange blond ne répondait rien. Boire ou ne pas boire. De petites maisons blanches s'alignaient le long du quai vers une plage grise. Il y avait un café et des boutiques de souvenirs. Emma voulait un magnet Jeux olympiques et Gabriel une coque pour son nouveau portable, pour la puce malheureusement il faudrait l'acheter en France. D'ici là elle lui prêterait la sienne. Et puis il faudrait changer d'abonnement. Et de numéro. De numéro ? Il eut un hoquet. Mais le nouvel abonnement je te le paie

plus gros, plus grand. Avec genre illimité? Genre. Il fit
une vraie tête de Noël. Elle lui acheta aussi un pull
parce qu'il faisait vraiment frais, l'hiver les rattrapait.

Emma ne voulait pas retourner au club et trou-
vait sa Barbie *moisie*; elle voulait elle aussi un *vrai* téléphone où on a Facebook et tout. Gabriel lui rappela
qu'elle était trop petite y compris pour Facebook.
Emma fondit en larmes, sans qu'on puisse déterminer si c'était la rage contre son frère ou de devoir
encore attendre si longtemps, ou quoi. Ça a tout, et
ça pleure. Quand on pense aux enfants de Syrie, du
Yémen, ou quasi n'importe où ailleurs, surtout les
filles. Dans le sas de retour, elle bipa les trois cartes
auprès du contrôleur de bord et montra sa tête à la
caméra de reconnaissance faciale. Les énormes parois
de métal les avalèrent, voici les tentures dorées et
les tables de boissons d'accueil et les trois ou quatre
Péruviens souriants qui tiennent bon dans le vent, les
tentures battent, les nappes claquent, un mur d'air
chaud dedans repousse l'air froid dehors et on peut
presque voir, oui, elle voit les deux grosses bulles lutter en courants affrontés. Elle dut se retenir à Gabriel.
Un vertige. Ce n'est rien. Une longue journée. Du
nerf. Elle se répéta la phrase du Bouddha qu'elle proposait parfois à ses patients : « Si ta compassion ne
commence pas par toi-même, elle est incomplète. »

Dans la cabine douillette, avec les chocolats du soir laissés par l'homme de service, la détresse persévérait. Le hublot était presque noir. On était toujours à quai. Elle mit son portable à charger. Gabriel jouait à *Life Is Strange*. « I had another vision... the town is going to get wiped out by a tornado... » Allongée sur son lit, elle tenta de se concentrer sur ses points d'appui, l'arrière de la tête, les omoplates, le sacrum, les coudes, les mollets, les pieds... un peu de *pleine conscience*. Respirer ici et maintenant. Elle se concentrait sur le passage de l'air à ses narines, dedans, dehors, sans s'efforcer, penser à ne pas penser c'est encore penser, les phrases venaient, *c'est bien cette croisière mais rentre vite,* revenaient les visages, la barque pleine, l'enjambement du corps, elle les repoussait, dedans, dehors, les phrases repartaient, glissaient, les images, la trépidation formant une sorte de nuage lointain.

Elle sauta au bas de son lit et demanda sa puce à son fils, ta quoi, la puce de mon téléphone. C'était toute une affaire pour la replacer, ses doigts malhabiles, il l'aida. Elle aurait aimé boire un grand verre de vin. Ce soir elle s'autoriserait du champagne, merde, c'est Noël. Elle lui demanda comment on fait, pour la géolocalisation de ses contacts. Il faut aller dans « Mes Amis ». Elle n'a jamais utilisé cette application ridicule. Une carte apparaît, un tressage de latitudes et longitudes. Gabriel retourna à son jeu, il se fichait de son vieil iPhone maintenant. Elle eut une vision de la planète entièrement recouverte de téléphones jusqu'à épuisement des sous-sols et des *terres rares* et vitrification complète de la croûte terrestre en un caparaçon tactile. Sur l'écran, la carte bougeait toute seule. Ça zoomait sur la Méditerranée, sur l'Italie. Sur la Sicile. Le point bleu palpitait. Avec écrit « Gabriel ». Ça lui faisait bizarre. Mais ça fonctionnait, ça voulait dire que Younès était quelque part entre Catane et Syracuse. À terre. En pleine terre. Elle contempla le point bleu comme si elle pouvait y distinguer un lieu, des gens, des flics, quel camp, quelles grilles ? Elle, elle s'éloignait vers Athènes. Elle lui souhaitait bon vent, à Younès, pour son voyage. Elle aurait voulu lui parler à travers le petit point bleu comme à travers une serrure, ou quoi, prier pour lui, lui envoyer des ondes. Elle se concentrait sur son prénom. Younès.

*

Comme ils sortaient de leur cabine, la porte d'en face, côté Confort, s'ouvrit. En sortit le même homme que la nuit d'avant ; elle hésita à le saluer. Mais il ne la « calculait pas », comme aurait dit son fils. Il semblait osciller d'un pied sur l'autre. Le regard dans le vague. On aurait dit qu'il était flou, ce passager. À peine le dos tourné elle ne se souvenait déjà plus que du trou noir de sa bouche, comme cherchant son souffle. Ça lui avait peut-être fait de l'effet, à ce type, le sauvetage ? Les autres croisiéristes montraient un visage aussi lisse qu'un lac refermé sur la chute d'un caillou.

En traversant la série de bars à thèmes, l'envie de boire se fit obsédante. Elle se voyait comme une coupe qui se remplirait de champagne, des pieds, aux genoux, au sexe, au nombril. Faim, non, elle n'avait pas faim. À bord tout avait le même goût, un universel rata italien. L'exploit de nourrir quatre mille ventres par jour impliquait des tonnes d'une même sauce tomate, qu'on retrouvait, certes avec ingéniosité, dans les bouchées au fromage, la tarte de polenta, les penne all'arrabbiata aux crevettes, les roulés de dinde, mais quand même pas dans le tiramisu. Elle accepta la coupe de prosecco offerte à tous les passagers majeurs avec le menu de Noël. Immédiatement, elle en voulut une autre. Appela le serveur et lui tendit sa carte de bord, avec laquelle on payait tout : une coupe de vrai champagne. Si elle buvait, que ce soit du bon. Elle se demanda si son mari, en ce soir de Noël, était vraiment aussi géolocalisable que Younès. Sûrement. Est-ce que les gens, vraiment, se surveillaient ainsi ? « Pas si tu te mets *en fantôme* », lui expliqua son fils. Le service était un peu désorganisé par l'arrivée tardive des cars d'Olympie, on en était à la bûche que des rangs harassés d'excursionnistes âgés entraient seulement dans le restaurant. Le mot remboursement sonnait dans diverses langues, on allait les entendre, on les entendait. En fait c'est très loin Olympie, pas du tout ce qu'on nous a dit, et complètement vide, il n'y a QUE des touristes. Le dentiste de Montauban la prenait à témoin de sa déception. Elle se demanda s'il s'attendait à voir les Jeux, plus vite plus haut plus fort, des coureurs nus, des athlètes en jupette et des lanceurs de poids sous un soleil immémorial. Elle demanda une autre coupe. « Maman » dit Gabriel. Quoi maman.

Le volume sonore augmentait, passagers olympiques et musique d'ambiance. Bientôt des tubes italiens des années 1980 explosèrent sous les lustres égyptiens. Emma et Gabriel faisaient les jeux sur les sets de table en papier, avec la petite boîte de crayons, et la petite lampe de poche et le petit kaléidoscope, tous aux armoiries de la compagnie. La cabine se remplissait peu à peu de ces conneries, l'intérieur de la Terre était extrait et répandu sur sa surface et bientôt étoufferait toute vie. Le serveur péruvien, celui de la gamine inca, se pointa tout sourire pour faire danser Emma. *Tornerooooo, come e posibile, un ano senza te...* Gabriel se levait à son tour et dansait de façon ironique, avec ce second degré des jeunes Parisiens, qu'ils prennent pour de l'esprit et qui les fait universellement détester. Elle aimait cette chanson triste. Est-ce que le serveur péruvien était payé aussi pour faire l'animation? Ou dansait-il par plaisir, ou par mélancolie, paternelle et de Noël et du pays natal?

Elle appela son mari : « Joyeux Noël! » et fit signe au serveur. Elle aurait mieux fait de prendre carrément une bouteille. Son mari avait sa lenteur : quand il se savait ivre, il articulait bien. Mais soyons gentille : aucune récrimination ce soir, aucune remarque : Noël. D'autant qu'il passait bravement le réveillon à Clèves avec sa mère à elle. Il avait une telle habitude de l'alcool qu'une zone de son cerveau assurait le contrôle comme depuis un bunker. Et c'était sans doute cette zone-là, close, secrète, solide, qui lui plaisait encore chez lui. Une crypte. Le mystère de ce qu'elle abritait. Le vide, peut-être. De là-bas, de très loin, il lui parlait. C'est bien cette croisière mais reviens. Oui, les enfants vont bien. Emma s'est fait griffer au club. Gabriel n'a pas retrouvé son téléphone. Il joue à *Life Is Strange*. J'ai eu une vision. La ville tout entière va être balayée par une tornade.

Ils s'étaient perdus. Le réseau se perdait. Sa propre voix résonnante était gorgée de bulles. Ou tout le monde appelait en même temps. Saturation de

Noël. Le seul son net était le cliquetis des bouteilles contre les verres. Ça coupa.

« Cuando regresas al Peru? » demanda-t-elle au serveur. Il lui remplissait sa coupe. « Al Peru? Soy de Filipinas. » Il était des Philippines. Pas du tout du Pérou. De Mindanao. Aucune idée d'où est Mindanao. Mais il ressemblait tellement à un Inca qu'il ne lui manquait que la flûte et le bonnet.

Papa vous embrasse, dit-elle aux enfants rouges qui se rasseyaient. Gabriel voulait aller à la messe de minuit. Oh oui, cria Emma, la messe de minuit! La messe de minuit était à vingt-deux heures. Il y avait un mot quadrilingue devant la petite chapelle : pour cause d'affluence, la messe de minuit serait célébrée à la discothèque Shéhérazade. L'idée d'aller à la messe en boîte emballait Gabriel. Des *seniors* venus tôt pour les meilleures places étaient déjà installés sur les poufs en satin rose. L'autel était dressé devant la cabine du DJ, les boules tournoyantes projetaient leurs facettes sur les rideaux de peluche mauve. Le prêtre arriva, très diva, presque aussi beau que le capitaine. Elle laissa Emma sous la surveillance de Gabriel et partit s'en jeter un, nom de Dieu.

★

S'il était 22 heures quand elle les a laissés, le temps qu'elle fasse les trois bars à thèmes, en faisant l'impasse sur le bar à cognacs parce qu'elle ne veut pas risquer d'y croiser le type flou de son couloir... s'il est mettons 23 heures, une messe de minuit ça dure combien de temps? Le fond verdâtre de son mojito, plein de menthe noyée, fait un océan rond. Puis elle est sur le pont, en plein vent, à la proue. Le bateau avance à toute puissance. C'est beau. La nuit est un fluide noir et rapide. Elle a le nez glacé et les joues très chaudes. Le Péruvien est là, le Philippin. Est-ce que c'est vraiment lui? Il est poursuivi par un geyser. Il éclate de rire et il court, un pas chassé, un danseur. De grandes giclées blanches dans la nuit très noire, ça vient d'en dessous, un autre Péruvien au bas de l'escalier. Qui tient un jet d'eau, ils lavent le pont. Le premier pousse très vite son balai comme dans ce sport canadien, il glisse sur le sol mouillé et il rit. L'autre asperge en zigzaguant. Elle éclate de rire. Les deux types s'arrêtent. Elle est désolée. Elle voudrait que tout continue à glisser. À jouer. Elle voudrait jouer avec eux. Il la reconnaît. Peut-être. Ils doivent faire des quarts infernaux, cumuler les fonctions, les jobs, les étages. « Continuez! » crie-t-elle, *continua*, comment dit-on continuez en espagnol. Ou en phi-lippin. C'est rare, lui dit-il, une passagère sur le pont à cette heure. C'est beau, lui répond-elle. « Joyeux

Noël! Feliz cumpleaño! Il rit. On dit Feliz navidad. Cumpleaño c'est l'anniversaire. Ah oui. Quoiqu'il y a des gens pour naître le jour de Noël. Ils rient. Il porte un grand ciré aux couleurs de la compagnie, le même que tous les employés, comme ceux de la nuit dernière qui remontaient les gens, les corps, à bord. Il y était peut-être. Elle s'excuse de l'avoir pris pour un Péruvien. Il y a beaucoup de Péruviens à bord, lui dit-il aimablement. Et aussi beaucoup de Philippins. Et des Pakistanais, des Indonésiens... Il parle cinq langues, anglais bien sûr, tagalog, cebuano (il répète les termes en riant), espagnol, un peu d'italien, et il devine le français. « Vous devinez le français ? » C'est joliment dit. Au stade où elle en est, elle ne sait plus dans quelle langue ils parlent. En espagnolo. Grâce aux mojitos, espagnolo es facilo. Il est très gentil. Son collègue va se coucher. Elle se demande comment ils sont logés. L'homme qui fait sa cabine, lui dit-elle, lui a affirmé être payé au SMIC. Ça fait rire le Philippin. Il est rieur cet homme. Il s'appelle Ishmael. Elle ? Rose. Comme une rose. Elle pourrait l'inviter à boire un verre. Mais il n'a sûrement pas le droit. Il est payé 560 euros par mois. Huit mois par an. Mais c'est un bon travail. Serveur c'est le mieux, pour les pourboires, et il fait aussi laveur de pont la nuit, de toute façon il dort mal. Ah ! Elle aussi, elle dort mal. Les insomniaques ont toujours beaucoup à partager.

71

Les quatre mois à terre il les passe avec sa fille. Il ne descend jamais aux escales, pour ne pas dépenser. Il construit une maison, là-bas à Mindanao. Elle a une vision de palmes et de pilotis mais il lui montre, sur son téléphone, un cube en béton pas du tout fini. Il ne dort bien que là-bas. À Mindanao. Il regarde la mer défilante. Les cristaux de sel font des étoiles sur son ciré et de la nostalgie dans ses yeux. Il dit qu'ils sont à deux par cabine et que d'habitude ils font attention pour les religions, mais là il est avec un Pakistanais qui prie tout le temps. Lui il est catholique. Et ce soir c'est Noël. Et là, le Pakistanais est de quart.

Elle est accoudée au bastingage. Il a posé sa main sur le bastingage. Le silence dure. Feliz cumpleaño! répète-t-elle, et elle rit, il rit. Le bateau file comme un avion. Allons allons. Elle a trop bu. Elle est trop riche aussi, ce serait comme abuser de lui. Le différentiel économique est monstrueux. Mais il est fort, massif, il a son âge, ils se prendraient dans l'égalité d'une brève nuit. Elle recule en souriant. Il s'accroche à son balai. Je vais voir mes enfants, lui dit-elle. Il fait un geste de la main qui ressemble à une bénédiction, à un adieu, à un regret. Maintenant elle court presque, elle court dans le vent et le froid et la mer immense. *I had another vision. C'est bien cette croisière mais.* En rentrant dans la chaleur du bateau, dans cette bulle énorme qui avance sur l'eau, il lui semble que les parois se plient sur elle dans une distorsion de métal et de verre, de mer et de ciel, la Méditerranée bord à bord comme une feuille. C'est un couloir étroit. Quelqu'un veut passer. Il n'y a qu'elle ici et ce quelqu'un, elle regarde autour d'elle, les portes vitrées, battantes, les chaises longues, vides, le distributeur de café, les appliques égyptiennes, une entrée et une sortie, le nulle part du bateau, elle essaie de fixer son regard sur la personne. C'est l'homme du couloir. Il est flou.

*

La boîte de nuit aussi est d'une réalité approximative, mais l'autel pour la messe a disparu et une activité adaptée a repris, une sorte de thé dansant. Les seniors ont quitté les poufs, certains pour danser, d'autres pour céder la place aux jeunes : des sexagénaires pétulants qui boivent des cocktails dans des verres triangulaires. La musique cogne. Elle hésite. Un mojito. Non non non. Quand Gabriel la trouve, elle danse d'un pied sur l'autre. Elle le voit et elle a envie de l'embrasser. Elle se voit le voyant. Elle se voit, petite et titubante et encore sexy et l'envie de s'appuyer sur son grand fils si beau. « Maman... » Emma aussi est là, endormie sur un pouf comme une petite vieille.

★

Emma se réveille très tôt, elle veut déballer ses cadeaux. Rose l'enferme dans la salle de bains avec ordre de ne pas en sortir. « La lumièèèèèère » hurle Emma.

La migraine est massive. Rose monte sur la couchette pour atteindre la valise sur l'étagère du haut. Elle tire sur la poignée mais les roulettes coincent – ça y est : elle s'est bloqué le dos. Elle a envie de pleurer. Elle donne un coup sec sur la valise, qui tombe, réveille Gabriel, qui se rendort aussitôt. « Maman? » Emma l'appelle depuis la salle de bains.

De l'aspirine. Et un café, un café, elle cherche le thermos où elle en garde toujours. Elle sort tous les paquets, les pose sur la moquette, déplie le petit sapin lumineux qu'elle trimballe depuis Paris. Il s'avère qu'il fait aussi de la musique. La musique lui cisaille le lobe temporal droit et réveille complètement Gabriel. Elle ouvre la porte à Emma qui fonce sur les cadeaux en chantant « libérée, délivrée ». Gabriel rigole. C'est vrai qu'elle est drôle cette petite.

Le père Noël a apporté pour Gabriel le jeu *Limbo*, un jean The Kooples, des Converse grises montantes,

74

un nouveau sac Eastpack pour le printemps, un abonnement à Netflix (qui profitera à toute la famille), et un roman qu'il voulait lire expressément sur papier pour « prendre des notes ». Sa grand-mère a mis une enveloppe de 150 euros mais ça participera au nouvel iPhone, hein. Emma a déjà revêtu son déguisement de Reine des neiges, avec la tiare et les gants, plus une baguette magique, elle a aussi un Docteur Maboul qui amusera également Gabriel, des Converse grises montantes taille 28 trop mignonnes, *Le Déjeuner de la petite ogresse*, une robe Petit Bateau craquante, un sac à main de dame à paillettes, un bon pour des rollers mauves, et deux ou trois babioles comme du maquillage à l'eau et des tatouages éphémères. Et des Playmobil mais pas les bons, pas les pirates, elle l'a prévenue trop tard, ni le bateau de croisière, quelle idiote elle aurait dû y penser : elle a pris la clinique vétérinaire.

Voilà. La cabine est pleine à ras bord d'objets, de papier cadeau déchiré et de bolduc. De quoi ? De bolduc. On appelle papa ? Non, il est encore un peu tôt. Du café, pitié, du café.

La porte du voisin était grande ouverte, bloquée par un chariot de ménage. Elle jeta un œil. Une cabine toute de parois et plafond, un cube avec un lit et un décor de pharaon, ni hublot ni balcon, ni mer ni ciel, comment tenir dans cette cellule ? Pas étonnant que le voisin ait toujours erré dehors. L'homme de ménage sortit de la mini-salle de bains. « Je le cherchais », dit-elle pour se justifier, et elle se rendit compte que c'était vrai. L'homme de ménage soi-disant payé au SMIC eut l'air de vouloir dire quelque chose, puis se ravisa et frotta la poignée de la porte.

Café. Appeler son mari. La journée se mit péniblement à rouler, à créer seconde après seconde du présent fugitif et du passé confus. Le futur immédiat c'était la gueule de bois. Ce soir on serait au Pirée. La mer glissait massive sous le bateau. Elle avait habillé Emma pour le club mais la petite prétendait, en larmes, qu'elle lui avait promis, la veille. Promis quoi. De ne plus jamais la mettre au club. Qu'est-ce qu'elle allait en faire toute la journée. Elle donna 10 euros à Gabriel pour garder sa sœur au moins jusqu'au déjeuner. S'emmitoufla pour s'allonger dans un transat du côté protégé du vent. Soleil. La mer bleue et vacante. *Tornerooooo, come e posibile, un ano senza te...* Déjà les voyages en train il est facile de ne rien faire. Alors en bateau.

★

Elle entendit sonner un téléphone. Elle ne sait plus où elle en est avec les téléphones. Le sien, le petit d'Emma, le nouveau de Gabriel, et celui de Younès anciennement de Gabriel. Le nom Solange s'affichait. Sa meilleure amie Solange. Sûrement pour lui souhaiter un bon Noël ou lui raconter son perpétuel naufrage amoureux. Solange vivait à Los Angeles et se prenait pour une star. Plus tard. Migraine. Que faire? Quel but, sauf se laisser porter? Des passagers rôdaient autour d'elle. Ils contemplaient l'étrave, puis repartaient dans le froid. Beaucoup tuaient l'intervalle entre deux repas en marchant, 300 mètres aller, 300 mètres retour, côté ombre, côté soleil, bâbord, tribord, certains au petit trot, d'autres attelés à des déambulateurs. Elle crut voir en mer une barque, ou des chaloupes? Ça disparut. Elle avait des taches dans les yeux. Il restait deux bonnes heures avant le déjeuner, mais elle ne parvenait pas à s'assoupir. Elle aurait pu lire le journal sur internet puisqu'elle avait pris le wifi. Mais se connecter voulait dire recevoir ses mails – pas maintenant. L'énorme écume de l'étrave se renouvelait en permanence, un matériau à part, ni eau ni air. Moussant mais avançant, dominant l'eau et la creusant – étrange. À la regarder de très haut, à la verticale, on tombait dedans. Sans la rambarde, on tombait dedans.

Il y avait des points dedans. Des formes, encore. Une agitation, à nouveau, traversa le bateau comme une onde. Se transmettant comme une chorégraphie électrique de passager en passager. Non, pas encore des naufragés ? Pas dans l'étrave ? Le mot « dauphins » moussait. Et maintenant elle les voyait. Elle voyait les dauphins. Leur aileron luisant, leur extraordinaire plasticité dans l'écume. Elle voyait leur corps de néoprène. Leur saut qui était leur nage même. Une dizaine de dauphins, s'amusant de la différence entre eux et le bateau, jaillissant justement de cette différence, dans une fabuleuse égalité de vitesse. Elle eut envie d'appeler ses enfants. Mais le temps qu'ils se mettent en mouvement. Tant de merveilles. Et le temps que se rassemblent d'autres passagers, les animaux surfeurs avaient disparu.

*

Sa boîte e-mail contenait 196 messages. Elle avait reçu le code d'accès au nouveau logiciel. Il s'appelait Cervix. Des collègues s'en étaient déjà servis, et elle était en copie de plusieurs doléances et protestations – apparemment le truc dysfonctionnait. La DIM, la Division informatique médicale, répondait à la bronca par un stage de formation au logiciel. Mais il fallait se connecter au logiciel pour s'inscrire au stage (stage qui, selon le mail suivant, s'avérait obligatoire). Elle sentit chauffer dans sa poitrine la sensation familière, appelons ça le stress. D'autant que la mère de Grichka, une nouvelle qui ne communique que par mail malgré ses recommandations, a déplacé le rendez-vous de son fils, ce qui n'a rien de rare, mais elle l'a déplacé dans le passé, début décembre, pourquoi pas début août tant qu'elle y est ; et d'autres patients moins atteints (d'autres parents de patients) voulaient déplacer eux aussi leurs rendez-vous, dans le futur cette fois comme il se doit, mais dans des styles tellement fantasques ou sur des tons tellement agressifs qu'elle leur mit à tous un petit drapeau pour voir ça plus tard. Ou plutôt non : elle les regroupa et les transféra d'un coup à la secrétaire, après tout c'était son boulot. Mais lui parvint instantanément une réponse automatique : toute prise de rendez-vous passait désormais par l'agenda électronique à télécharger *via* Cervix.

Rose s'obligea à respirer. L'air était salé. La mer indifférente et bleue.

Elle alla sur Cervix, tapa le code envoyé par la DIM mais il fallait le réinitialiser en envoyant un mail pour recevoir un nouveau code qu'il fallait alors personnaliser. Elle essaya deux fois, mais la page Cervix réapparaissait avec la mention : « Votre identification a échoué. À la troisième tentative infructueuse, votre accès Cervix sera bloqué. » La page d'accueil était un horizon jaune dans une esthétique désuète, avec un homme en blouse blanche, avenant, et deux femmes floues, derrière.

Elle se leva, d'ailleurs il faut bouger toutes les heures pour la santé des artères ; cacha sa tablette sous un plaid, on n'allait pas la lui piquer sur le bateau ? Revint avec un café. Une dizaine d'autres mails étaient déjà arrivés, elle n'allait pas tout trier maintenant, un mail de sa mère lui demandait

comment ca se passe?La croisiere bien?J'ai trouvé Christian un peu fatigué figure-toi j'ai vu Solange !toujours aussi belle mais quelle vie ele est ici à Clèves pour noel. je veux t'envoyer des photos mais je n'arrive pas à les sortir de la carte mémoire tu me diras comment on fait.n'ouvre pas les mails marqués banque de frnace c'est un virus qui détruit les ordinateurs.Gros bisous.

Suivait le mail « Banque de Frnace » que sa mère avait réussi à lui transférer plusieurs fois. Un autre mail de la DIM rappelait que la *médicalisation informatique* avait été mise en place en concertation avec... – elle eut envie de marquer comme indésirables tous les mails de la DIM mais elle préféra éteindre sa tablette. L'éteindre et regarder la mer.

Oui, c'était la solution, le but, tout provisoire qu'il fût : regarder la mer.

Et Solange alors. Solange était au village ? Pour Noël ? Le ton du message laissé par son amie était si enthousiaste qu'elle éloigna le téléphone de son oreille. Solange cultivait (ou était-ce devenu *naturel* ?) une pointe d'accent américain. Et avec qui avait-elle pris un café ce matin ? Avec son mari, ni plus ni moins. Impressionnants les travaux dans la maison, bravo. Le charme de l'ancien, même années 1960, il n'y a rien à dire. Est-ce qu'on allait enfin se voir ? Il paraît que tu es en *croisière* ?

Le mot *croisière* finissait par un très léger rire. Solange, elle, buvait sans doute des cocktails bio sur le yacht équitable de George Clooney. Elle ne s'embarquait pas sur de gros bateaux moches avec 4 000 personnes à 1 000 euros la semaine, Solange. Elle ne faisait pas dans le HLM de la mer. Mais elle signait sûrement des pétitions pour ouvrir toutes les frontières à toute la misère du monde.

Regarder la mer.

★

Les deux lapins se regardaient incrédules. Ils sortaient du même chapeau alors qu'une seconde avant ils étaient chacun dans leur boîte. Puis ils disparurent, pouf, dans le foulard du magicien. Toute la salle applaudit. Deux colombes s'envolèrent. Un spectateur catatonique tenait raide sur deux tréteaux. Une femme fut découpée en morceaux. Emma n'en pouvait plus de joie. Gabriel cherchait à comprendre. Rose regarda le programme en s'aidant de la lueur de son téléphone. Le spectacle suivant commençait à 22 heures, les Gipsy Champions, elle n'était pas sûre de rester. Le magicien demandait, en plusieurs langues, un volontaire, qui? pour un numéro d'hypnose divinatoire. Je veux y aller moi, trépignait Emma. Quelqu'un que Rose distinguait mal monta sur scène, un complice? ou déjà hypnotisé? Tout le monde applaudit. C'était leur voisin, des cabines d'en face, sur scène il devenait presque net dans un costume bien bleu. Rose avait déjà vécu cette scène. Elle avait déjà vu le voisin monter sur scène dans un costume bien bleu et elle l'avait déjà vu tenir le regard du magicien puis tituber légèrement comme sous l'effet d'une houle. Le magicien disait deviner dans son portefeuille, outre ses papiers et les cartes habituelles, une photo de ses deux enfants, âgés... il hésita... et Rose sut ce qu'il allait dire... à l'époque de la photo les deux enfants avaient quinze et dix-huit ans... le *déjà-vu* se déroulait implacable... devant un paysage de montagne, ils se nommaient Klaus et Susan... en Bavière... Rose sentait le creux de ses mains chauffer, une lutte s'engageait entre elle et le magicien, elle ne voulait pas qu'il aille au bout de son numéro, stop, stop... Le passager se mettait à trembler, ça y est, il grelottait dans son halo bleu, le portefeuille apparaissait comme par magie dans la main du magicien qui en sortait la photo de Klaus et Susan en Bavière. « Je suis désolé, ajoutait le magicien. Klaus est mort, je le vois flou sur la photo. Susan a vingt et un ans aujourd'hui. » Un brouhaha, une tempête d'exclamations accueillit ces paroles. Le passager restait muet, il perdait ses contours. Rose était-elle la seule à assister à sa désintégration ? Ses mains brûlaient d'impuissance. Emma, elle, applaudissait à tout rompre. « Il faut lui demander où est mon téléphone ! » dit Gabriel. Il fallait sortir d'ici. Il fallait quitter le navire. Rose ne parvenait plus à se souvenir quand ni comment elle s'était embarquée, qui avait décidé quoi, où ils avaient pris le bateau, dans quel port, dans quelle ville, quel jour, elle se vit courir hors de la salle et enjamber les corps mais elle restait sur place, lourdement assise, tout son poids l'attirant vers le fond de la mer avec en tête ce proverbe chinois idiot, quel est le bruit d'une seule main qui applaudit.

« Des lapins à bord, ça porte malheur » disait le dentiste de Montauban, qui fumait une cigarette sur le pont. « C'est une superstition fondée : dans le temps ils rongeaient les cordes. » « On ne dit pas corde, on dit *bout*, c'est le mot corde qui porte malheur » répondait son collègue. « Non, c'est dans la maison d'un pendu qu'on ne dit pas corde. » Toutes les chaloupes avaient été rangées, garées, replacées à leur poste, les cordes étaient enroulées, les bâches repliées, les fanions éteints, les coques parfaitement sèches. Comme si rien. On était le 25 décembre au soir et rien, on aurait pu avoir rêvé. Rose et les deux dentistes se saluèrent d'un signe de tête. Où était passée la Française honorable, la doctoresse de Montauban ? Soudain elle eut la certitude qu'aucun des passagers de cette croisière ne chercherait à se revoir, à Montauban ou ailleurs, du moins eux, les témoins de la nuit.

★

II

*« Mieux valait s'exposer à de terribles efforts
qu'à un profond désespoir. »*

(Thomas Bernhard, *Perturbation)*

Le 26 décembre à 6 heures du matin Rose
réveilla ses enfants réticents. On n'allait quand même
pas rater l'Acropole. La Grèce était au programme de
troisième et de CE1 aussi sûrement, la Grèce on n'y
coupe pas. Nous les Gaulois on serait encore à danser
sous le gui ou à faire les contrebandiers basques sans
les grandes civilisations. Elle essayait de motiver ses
troupes. Du café. Du chocolat chaud. Elle serait bien
restée au lit elle aussi. Elle avait mal dormi. Laissons
sombrer les mauvais rêves. Le bateau bougeait davantage qu'hier. La seule chose qui les amusa fut, en chemin, le mouvement de l'eau dans la piscine : la houle
dehors créait une houle dedans. La piscine débordait
lourdement, flic, flac, d'un côté, de l'autre, en un lent

mouvement aquatique ; une bonne douzaine de Péruviens philippins épongeaient. Il lui sembla reconnaître son Inca préféré mais ce n'était pas le moment.

La côte grecque approchait sous un crachin breton. Des quidams cultivés pointaient, sous un rayon de soleil baroque, une colline entre autres qui était l'Acropole. L'Acropole. On lui aurait dit qu'un jour elle verrait l'Acropole. Elle tentait de communiquer son fragile enthousiasme aux enfants. Engourdis sur un parking du Pirée, dans un sous-sol gonflé de gaz d'échappement, ils attendaient avec les autres excursionnistes, par groupes numérotés, de prendre place dans les cars. Leur guide francophone, roulant les *r* mais sinon, impeccable, expliquait le déroulement minuté de la journée, de l'Acropole où le Parthénon fut construit de −447 à −438 jusqu'à la collation et au car du retour. Elle pensait à son mari. Une banlieue pas laide se déroulait, la mer ouvrait des triangles entre les immeubles et le ciel. On pouvait sûrement vivre ici, même avec ladite crise, si les fenêtres, le matin, s'ouvraient sur cette étendue bleue, grise, variable et antique.

Le car les déposa (elle avait dû dormir quelques minutes) devant un petit train au pied d'une forte pente. Elle aurait préféré marcher. Distribution de capes de pluie aux armoiries du paquebot, elle évita, Emma se battit avec la sienne comme une jeune chauve-souris. Le petit train s'ébranla dans le sirtaki et l'humidité. Il ne suivait pas des rails mais roulait au diesel dans le trafic déjà dense. Une camionnette déboîta devant la simili-locomotive : le train fit une embardée, se retrouva dans la voie de gauche, revint sur la droite, klaxons et invectives, accélération pour réaligner les wagons, ça tanguait et gueulait. On arrivait au pied de l'Acropole. Emma avait mal au cœur. Elle avait rêvé d'une fille solide, une Calamity Jane, une tueuse. Mais Emma était comme la dernière enfant, la dernière enfant sur la Terre, elle marquait la fin d'une humanité maladive, intoxiquée, coupable, se pressant vers sa toussotante extinction. Rose répétait aux enfants : *l'Acropole*. Elle ne pouvait pas croire qu'elle allait y grimper. Elle ressentait une excitation redondante, exaspérante, elle s'énervait de s'énerver. Le véritable Parthénon. Ici et maintenant. L'Acropole et le Parthénon, elle mettait l'un pour l'autre, elle ne savait plus. La guide leur distribua les billets d'entrée. Ils franchirent un détecteur de métaux qui bipait à chaque visiteur. Il fallait attendre les excursionnistes *senior*. Ceux en déambulateur restaient à une buvette au pied de l'Acropole (l'Acropole c'était donc la colline).

La bruine avait cessé, le soleil perçait à travers les oliviers. Emma avait faim. Rose sortit une gourde de compote du fond de son sac, cette gosse ne mange jamais au réveil et ensuite, forcément. Gabriel regarda sa mère et lui sourit. Ce fut bref, dans le soleil et les oliviers. L'énorme joie de s'aimer. Ils montèrent les vieilles marches, elle tenait par la main Emma qui se sentait mieux. « Je vais te zypnotiser » criait-elle à son frère, mais Gabriel cabriolait devant, s'arrêtait pour consulter son téléphone – prenait-il *des notes*? Il n'y avait pas tellement de statues. La guide expliquait que Phidias. Ionique et dorique. Un grand échafaudage montait sous le ciel pâle. Emma lâcha la main de sa mère et courut vers Gabriel. Cours, Emma, cours. La petite fille eut un moment d'arrêt sur une pierre jaune, elle rayonnait d'élan et de grâce, si vivante dans toute cette Histoire pétrifiée, et Rose eut un mouvement pour la prendre en photo mais le temps qu'elle fouille dans son sac, elle ne voit plus Emma. Elle voit Gabriel penché sur son portable, mais plus Emma. « Emma? » Pas d'Emma. « Gabriel? Elle est où Emma? »

Emma ne doit pas être loin. Elle n'a pas pu s'évaporer en une seconde. Sur le visage de Gabriel, il y a pourtant une inquiétude, la trace jusque-là peu visible d'un attachement. Du coup, ça l'inquiète. Mais en l'espace de cinq pas, cet espace entre mère et frère, sa mère qu'elle quittait et son frère qu'elle rejoignait, un élan, une course entre deux blocs, non, l'enfant n'a pas pu disparaître en un seul bond, le bond que ferait un grand chien, un chevreuil. Pourtant elle n'est pas là.

Le Parthénon est là, les échafaudages sont là, les colonnes sont là. Les cariatides, on sait qu'il en manque une mais elle est au British Museum. C'est la guide qui explique, celle qu'on voit est une copie, un moulage, un fantôme de plâtre qui se tient là debout, mais Emma, non. Rose avise la doctoresse de Montauban, la Française honorable : est-ce qu'elle a vu Emma ? La femme la regarde comme sans la reconnaître. On perd du temps. Emma. Son petit Nokia ne répond pas. Ce qui ne veut rien dire : il est toujours déchargé. Rose saute d'un bloc à l'autre, même là où c'est interdit. Gabriel appelle : « Emmaaaaa ! » Il y a des humains partout, et des enfants aussi, et tout autour, en rond, Athènes depuis toujours, immense et tassée. Rose revient vers la guide. Il faut interrompre, il faut écouter : Emma, ma fille, sept ans, je ne la trouve plus. Oh, dit la guide, elle va réapparaître.

À partir de là Rose tombe dans une faille : elle a accès, et c'est très désagréable, à ce qui s'ouvre dans le temps quand on est hors de soi. Elle n'est plus qu'une seule pensée : retrouver la petite fille. Did you see a little girl. Una niña, una chica. Comment dit-on fillette en grec. Elle perd aussi Gabriel de vue, mais il est grand, il cherche sa sœur, elle compte sur lui, elle le revoit à l'angle du grand temple : il l'a trouvée n'est-ce pas ? Il est vide et béant. Elle voudrait revenir en arrière, juste cette magie-là une seule fois, une fois pour toutes revenir en arrière et ne pas lâcher la main de sa fille, ne pas l'approuver quand elle se détache, ce saut, ce vide, cet espace ouvert dans lequel elle tombe. Emma. Chaque seconde à ne pas la retrouver, chaque seconde sans elle est tragique. Elle va réapparaître. Forcément. Il faut interrompre la visite. Que tout le monde cherche. Si tout le monde cherche, si tout le monde soulève caillou par caillou la colline, elle réapparaîtra, forcément. Archéologiquement. « Emma ! »

Elle revient vers la guide, l'attrape par le coude, s'il vous plaît. « Allez voir au petit train, répond la guide, c'est le point de rendez-vous. » Elle court vers le petit train, elle dévale l'Acropole. Y a-t-il des pédophiles au Parthénon ? Statistiquement, oui. Le chauffeur somnole seul dans le soleil du pare-brise. Emma n'est pas là. Elle remonte, il faut franchir à nouveau le détecteur de métaux, elle cherche son billet, toute sortie est définitive, elle négocie, son groupe est là-haut, c'est l'enfer. Une petite fille, française, avec une natte et un sweat-shirt imprimé d'un chat. Elle voudrait ne pas être dans cette journée. Elle voudrait se dissoudre. Revenir en arrière, dissoute. Dans les énormes sucs gastriques de la Grèce, de l'Europe, du temps et de l'Histoire. Elle songe à ce qu'elle a dans les mains, à cette espèce de fluide qui apaise, qui soigne, qui enlève le feu, elle essaie de le diffuser autour d'elle, elle se concentre, mais ça ne sert à rien, avoir tant de force et rien, elle voudrait soulever le Parthénon comme une pierre et trouver Emma dessous.

Ses jambes gravissent l'Acropole en courant, ses poumons respirent, son cœur fait son travail de cœur. Elle slalome à travers les cailloux, enjambe des barrières, se glisse entre des grilles, zone de travaux, panneaux port du casque, certains blocs la surplombent et font des labyrinthes, personne ne se soucie d'elle, les visites suivent là-bas leur cours, elle cherche avec tant d'intensité qu'il lui semble à chaque angle voir Emma, éternelle, hors du temps, Athéna en petit, mais rien, personne nulle part, Emma ! Emma !

Gabriel est là-bas, sa silhouette longue et maigre. Elle court vers lui. Plus elle court, plus il lui semble... il lui semble que Gabriel n'est pas seul, une petite silhouette, elle voit flou, elle va tomber.

Sur un énorme cube taillé il y a très longtemps par des gens morts depuis très longtemps, il y a Emma. Gabriel tient la main d'Emma. Il lui fait signe, il l'a! Ils sont très nets soudain dans le soleil brumeux. Il n'était pas du tout déchargé son Nokia, il suffisait d'insister, Gabriel triomphant brandit son téléphone, et la petite brandit le sien aussi, elle voudrait un *mieux* téléphone, elle voudrait le même que Gabriel.

*

Il restait quatre jours à partir du Parthénon et elle les décompte, chaque nuit fait moins une nuit, chaque jour nous rapproche du sol. Elle tient Emma. La petite fille est rouge et muette de tant d'attention reçue. Elle ne va plus au club bien entendu. On lui achètera un téléphone de grand. On lit *La Chasse à l'ours* et *L'Ami du petit tyrannosaure* et *Mouflette Papillon*. On est enfouies dans la couchette sous la couette douillette. On ne sort plus. On chante. Gabriel a le droit de faire ce qu'il veut. On reste au lit. On mange des gâteaux en mettant des miettes partout. Emma est de plus en plus rouge, chargée comme une pile, confuse de tant d'amour, pendant que Gabriel se dépense et que Rose attend de retrouver un sol plus sûr.

Emma veut aller à la piscine et Rose dit oui, elle n'en a pas envie mais elle dit oui bien sûr, la piscine a rouvert, elle l'aurait fait rouvrir pour sa fille, elle aurait demandé à son serveur-laveur péruvien-philippin d'ouvrir toutes les piscines et toutes les baies vitrées et toutes les salles de bal pour la petite fille. Il n'y a pas grand monde. Il pleut dehors et il ne fait pas chaud dedans. C'est comme si, d'un coup, on observait une pause dans le grand réchauffement. Comme si une fraîcheur calmait un instant l'agitation de tout. Elles sont dans la piscine et s'amusent à plonger. Elles se sentent loin de l'entropie suicidaire du monde. Elles ont emprunté des *goggles* roses au maître nageur, et dans l'eau c'est drôle, on sent bouger le bateau, on sent la mer en quelque sorte, on se sent, comment dire, imaginez une bulle d'eau dans un verre d'eau, vous êtes dans la bulle, l'eau du verre s'agite, Rose flotte et tient sa fille très fort, le petit corps chaud et vivant, la peau glissante mais elle la serre au point que la gosse lui dit tu me fais mal, il y a parfois trop d'énergie dans les mains de Rose. Toutes sortes d'eaux s'appuient contre elles, les portent, les pressent, Rose ressort, poussant Emma à la surface comme les baleines poussent du front leur baleineau. À travers ses lunettes roses elle voit une silhouette debout, un passager qui se promène, il lui semble le reconnaître et quelque chose comme une peur la prend, et quand elle enlève ses lunettes il reste flou, le passager, plus du tout rose mais comme troublé de gouttelettes d'eau, et il la salue lentement, cérémonial, courbé en deux.

Quand son mari l'appelle, Rose ne dit rien, ni de l'homme flou, parce qu'il lui fait peur, ni de la disparition d'Emma au Parthénon, puisqu'elle est retrouvée, ni des migrants bien sûr, puisque ce fut si bref et qu'on ne sait même pas comment les nommer. Elle ne parviendrait, en somme, à rien résumer. Elle dit tout se passe bien, c'est reposant, oui, cette croisière. Son mari repart de Clèves dès demain pour Paris, les travaux avancent, il a hâte de tous les revoir. Quel dommage qu'il n'ait pas pu prendre assez de jours pour les accompagner, hein.

Le dernier jour, le paquebot fait route à pleine vitesse sur Marseille. La mer est mauvaise. Beaucoup de passagers sont malades. Les employés passent de cabine en cabine. L'homme de chambre concède un sourire devant les vingt euros de pourboire. Tout s'est bien passé Madame? On dirait qu'il voit à travers elle, qu'il sait qu'elle a perdu sa fille au Parthénon, momentanément certes, mais que le mot de mauvaise mère a circulé dans ce gros bourg qu'est le paquebot. Elle lui dit que grosso modo tout s'est bien passé.

La croisière, précise-t-elle avec une certaine sévérité, s'est passée sans incident notable, à part les migrants bien sûr. L'homme de chambre baisse la voix, il lui dit, entre nous : on a perdu un passager. Un passager? Oui, ça arrive plus souvent qu'on ne croit. Il désigne du menton la porte en face, les cabines sans hublot. Les gens, un certain genre de gens, attendent d'être en croisière pour passer par-dessus bord. Ce sont des suicides prémédités. Pourquoi partir seul en croisière? Rose se demande si la question s'adresse à elle aussi, mais une mère accompagnée de ses enfants n'est pas exactement seule, personne ne la voit comme ça.

*

À Paris le sol tangue un peu. La reprise du travail pour Rose, au Centre médico-psycho-pédagogique du boulevard Ornano, ne se fait pas sans heurt on s'en doute, après dix jours de croisière et l'enjambement d'un corps et la perte momentanée de sa fille et face au logiciel Cervix. Le signal d'erreur fait *dong*. Elle voudrait simplement noter des choses dans les cases. Autres que le nom des patients. *Dong.* Le petit encadré bleu sursaute dans l'écran : *On ne peut pas poser de rendez-vous dans le passé.* Pas dans le passé bon sang, elle n'est pas la mère de Grichka, elle sait que le temps nous embarque, elle voudrait juste revenir à la page d'avant, elle voudrait comme avant écrire dans le grand cahier collectif : « n'est pas venu mais a appelé », « n'est pas venue mais le père a laissé un message ». Ou : « a beaucoup pleuré ». Maintenant on ne peut cliquer que sur cinq options :

Acter

Non honorer

Supprimer

Copier

Déplacer

Certes la secrétaire ne râle plus en cherchant partout le cahier. Mais quand il passait de main en main, on se parlait, mine de rien. La case résonne, *dong*. Elle se dépêche parce qu'elle est en retard pour le patient suivant, Bilal, un petit agité qu'on entend depuis la salle d'attente. Et puis ce sera Grichka, et puis Philippine, une nouvelle qui ne mange pas, et puis le fantôme habituel de 15 h 15 qui ne vient jamais et puis Danao qu'on trouve toujours endormi dans la salle d'attente. Danao, bon sang. Ils ont de ces prénoms, aujourd'hui.

Quand elle sort elle a vu quinze patients, elle est dans une bulle de mots et de peine et parfois de joie. Boulevard Ornano des visages sont flous. Une perturbation court la ville comme un rideau de pluie. Elle-même sort un peu floue de son travail. Elle lutte, oui, de toutes ses forces. Des enfants flous s'agrippent à elle et elle les soutient à pleines mains. Et quand elle dit la bonne phrase au bon moment, certains se stabilisent.

Près du métro des hommes en boubous distribuent des prospectus avec des promesses. Ça l'intéresse beaucoup le marché des marabouts, leur offre, ce qu'ils peuvent et ne peuvent pas. Affection retrouvée attraction assurée. Contact garanti avec les esprits renfort sexuel envolement de l'angoisse. Est-ce que c'est dans leurs mains, dans leurs yeux, dans leur tête ? Est-ce qu'ils ont ce point de chaleur qu'elle a au bout des doigts ? Aussi bien ils gagnent leur vie mieux qu'elle. Si un jour elle essaie, ce sera au village, loin des collègues, loin des Parisiens, pas plus rationnels que les autres mais qui préfèrent « étiopathes » à « rebouteux ». En quinze ans leur appartement a triplé de valeur. La magie de l'immobilier parisien. Une plus-value non imposable, résidence principale. Ils vendent avant que la bulle crève. Et dans six mois, zou, une nouvelle vie en province. Elle descend une marche et elle voit Gabriel s'afficher sur son téléphone, alors elle décroche. Mais ce n'était pas Gabriel. C'était Younès.

Elle dit : « Qui ? » Alors qu'elle savait très bien. Elle regardait autour d'elle comme pour chercher de l'aide, la bouche du métro sous ses pieds, une boucherie halal à droite et à gauche un restaurant camerounais qui s'appelait, ça ne s'invente pas, *les Retrouvailles.* « Younès. » « Tu es où ? » Il est où. Son cœur cogne. Il dit quelque chose. Elle n'entend pas bien. Elle le visualise, flottant dans un espace sombre avec le plic plic des gouttes d'eau – elle était revenue dans la grande salle du paquebot. Elle s'efforça de le visualiser plus fort, comme si son cerveau pouvait le géolocaliser, latitude et longitude, la mer, la terre – tout à coup elle comprit qu'il l'appelait avec « Maman » : le « Maman » des contacts du téléphone, enregistrés par Gabriel. Elle a un moment de panique. Qui d'autre, son mari, sa fille, les grands-parents, les copains, qui Gabriel a-t-il mis dans sa liste de contacts ? Il redit une phrase incompréhensible, était-ce le réseau, la distance, leur français différent, d'où était-il ? Pas *où* mais *d'où* : elle aurait dû lui demander. Dès le bateau. Il a l'air africain certes, pas syrien ni afghan ; mais c'est grand comme on sait l'Afrique. La seule chose dont elle est sûre, absolument sûre, c'est qu'il n'est pas du Nigeria.

Elle descend dans le métro. Dans cette station, elle le sait, il suffit de trois marches sous terre : ça coupe. Younès. Un être apparu, *pouf.* Et disparu. Il faut qu'elle rentre chez elle, les enfants, son mari. Elle ne peut plus rien pour lui. La station est une salle de navire. Les gouttes tombent du plafond. Elle voit tous les jeunes hommes vêtus de survêtements marqués de grosses lettres, Adidas, Emirates, AC Milan, et la Nigériane moulée dans son pull et les mères voilées et leurs bébés. Elle est accroupie devant lui et elle lui donne le téléphone et le petit sac des affaires chic de son fils et elles passent de main en main et il y a cette transmutation extraordinaire, le sac devient baluchon. Ce qu'ils touchent s'insécurise. Le monde perd en certitude et se retourne comme un vieux gant. Ils cherchent un passage mais ce passage se remplit d'eau, de débris de plastique et de lambeaux. Sa place à elle, sur la planète, est à son nom, avec papiers et comme un perpétuel numéro de réservation.

À Sarajevo, il y a bien longtemps, il y avait ce tunnel, elle a vu un reportage. Des vivres, de l'eau potable, des armes et des gens passaient entre la ville assiégée et le monde. Côté Sarajevo, le tunnel était étayé de pauvres bouts de bois ; côté monde, l'armature était en métal. Un survivant racontait : « Quand tu n'as pas vu de pomme depuis un an, est-ce que tu te caches pour la manger, ou est-ce que tu prends un couteau pour la partager ? »

Est-ce qu'elle l'aurait partagée ? Elle voit Gabriel et Emma et elle voit la pomme et elle la partage en cachette pour eux, pour eux seulement. Est-ce que les mères sont toutes des salopes ? Il lui semble que depuis son adolescence le monde s'est engagé dans ce tunnel. Un tunnel en pente rapide, et elle est à bord, trimballée dans sa cabine numérotée, en sécurité toute provisoire. Elle se souvient d'avant, quand elle n'avait pas d'enfants. Les vrais héros agissent en faisant fi de leurs enfants. De ça elle est sûre.

*

Il était 19h11 et la bouteille était vide. Rouge toujours. Du rosé en été au village. Son mari, appuyé au plan de travail, son verre à la main. Le 44 rue d'Aboukir. La saga continuait. Il voulait qu'elle reçoive en consultation la jeune locataire. Quelle jeune locataire ? L'ingénieur pétrolier a loué son bien, l'agence lui a trouvé un bon dossier, une étudiante suisse à caution parentale. Mais elle n'arrive pas à dormir. L'étudiante. Guilaine à l'accueil lui a ri au nez et Rose aussi a envie de rire. S'il faut s'occuper du sommeil des locataires ! Mais elle revient tous les jours, et son mari la reçoit et l'écoute. « Quelqu'un me regarde. » La locataire égarée qui prend les agences pour des cabinets de psy. Elle sent la menace dès qu'elle entre dans l'immeuble. Comme l'aspiration d'un trou noir. Elle lui parle de cris la nuit. Son mari et son bon cœur et sa mauvaise conscience. Sa haute idée de son métier. La façon dont les gens sont logés à Paris, il en fait une affaire personnelle. Il lutte contre Paris. Un duel entre lui et la ville. Mètre carré par mètre carré. Et il ne manquait plus que ça : des fantômes.

Évidemment il n'a pas fait à manger. Ni vérifié les devoirs d'Emma. Le désordre dans leur trois-pièces est total : les objets occupent toutes les surfaces planes. Mais Rose ne voulait pas être comme son amie Solange, à exiger des hommes ce qu'ils ne peuvent pas – à leur demander d'être des femmes, en somme. Elle va juste s'allonger une minute. Est-ce qu'un autre homme. Un homme sans alcool. Un homme plus rationnel. Un homme moins dépendant en général. Un homme plein d'élan qui l'emporterait dans sa cape magique. Elle interroge la certitude de leur jeunesse. Au début il ne buvait pas. Ils étaient adolescents. Il était mutique. C'est un homme qui ne cause qu'après le premier verre et ce premier verre, il ne l'avait pas bu. Ils écoutaient David Bowie. Au lycée. *We can be heroes, just for one day...* mais ils ne savaient pas ce que ça voulait dire. Ils avaient beau traduire, mot à mot, non, ils ne savaient pas. Être des héros. Pour un seul jour. Le plafond tournait. Fallait-il le quitter, trouver la force de le quitter, serait-il bon de le quitter, retomberait-elle amoureuse, était-elle amoureuse, est-ce que c'était ça l'amour.

Tu devrais partir en croisière. Sa mère l'avait convaincue. Elle qui cherchait un monde solide. Parfois elle revenait à pied du boulevard Ornano juste pour sentir le sol sous ses semelles. Elle était née dans un monde familier, mais c'était peut-être l'enfance. La même fenêtre sur le même paysage, les blocs blancs des maisons, la haie de chez les parents de Solange. Tous ces liens tissés au village, transportés partout dans ses fibres. Et l'idiot du village qui faisait le tour du lotissement comme d'un cadran, tous les jours aux mêmes heures, bloqué dans le temps, absolument net dans sa mémoire.

Son mari, ouvrant les relevés bancaires, est épouvanté par l'explosion du forfait téléphonique de Gabriel. Alors elle s'assied devant l'ordinateur. Le courage de faire ces choses. Si ennuyeuses. Sur la facture en ligne elle constate que Younès téléphone tous les jours au Niger, qui n'est décidément pas le Nigeria. Elle sélectionne l'option « international », 19,99 euros par mois et la 3G illimitée, ce sera une sorte de parrainage, de marrainage, elle qui n'a jusqu'ici jamais fait dans l'humanitaire. Le Niger apparaît en haut des listes des pays les plus pauvres.

C'est celui où les femmes ont le plus d'enfants. Plus pauvre que le Bangladesh. Plus pauvre qu'Haïti. Seul le Malawi le concurrence. La forme du Niger est plutôt ronde, avec la capitale comme au bout d'une spatule : Niamey. Le lac Tchad est en bas à droite, un halo vert dans le désert, cassé comme une vitre par une étoile de frontières. Au Sud il y a une ville avec un joli nom, Zinder. Une autre s'appelle Maradi. Tout le Nord c'est le Sahara, avec des oasis qui ont d'autres jolis noms, Bilma, Dirkou, Djado, Titilibé. Alors elle se demande d'où il est, au Niger.

★

On a mangé des pâtes qu'elle a improvisées. Emma est sur Netflix et Gabriel sur son téléphone. Son mari se ressert un verre – elle tend son propre verre. Quand il a commencé le mètre carré était à 8 000 francs. Maintenant il est à 8 000 euros. C'est simple. C'est la spéculation et les étrangers. Le marché est trop volatil, ça vend au bout de cinq ou six ans. Son mari aime le durable, par exemple il l'a épousée pour toujours. Déménager arrive en deuxième place sur l'échelle du stress, après le deuil. Alors il ferme la porte, il coupe son téléphone, et il pose aux acheteurs et vendeurs les mêmes questions. À quel moment de leur vie sont-ils ? Certes il est obligé de savoir le budget mais s'il s'agit d'un couple qui est plutôt gardeur, plutôt jeteur? Claustrophobe ou nidificateur? ou petit rongeur? Il veut apparier le bon bien à la bonne personne. Une verrière qu'un butor ne saurait pas admirer. Une cour intérieure qu'il ne faut pas abandonner. Une vue non vue. Ça le blesse. L'agent immobilier est le deuxième professionnel le plus détesté, après le banquier et avant le député. Le premier désir des Français est de devenir propriétaires, leur première frustration aussi, *CQFD*. Cette injustice lui pèse. Alors que lui... Il finit la troisième bouteille. Tout est là, dans *habiter*... Que les gens se sentent... « Chez eux? » termine Rose.

Oui. C'est ça. C'est exactement ça. Il a un léger sourire. Le sourire du désastre. Avec un peu de joie perdue, comme si la joie était une fiole avec un reste au fond. À Clèves, lui dit-elle, ça ira mieux. Elle pose sa main sur sa main, ça pulse un peu mais ça ne marche pas, l'apaisement oui, pas la guérison. Elle le connaît peut-être trop bien. Un quatrième verre de vin pour elle. Il faut coucher Emma. *Il y a longtemps que je t'aime jaaamais je ne t'oublierai...* Elle entend son mari chanter la berceuse dans leur appartement trop petit. Elle ne lui a pas raconté la disparition sur l'Acropole. Personne ne lui a raconté. Tout ce voyage lui semble celui d'une autre. Une excursion hors de sa vie. Emma est là, dans la petite chambre étouffante, avec Gabriel sur la mezzanine qui fait on ne sait quoi sur son téléphone. Le petit corps net d'Emma. Sa chaleur savonnée. Disparue, subitement. Parmi les blocs du Parthénon. Peut-être remplacée par une copie parfaite ? Ou bien quoi, passe-muraille, passe-colonne ? Une petite cariatide, le monde sur son front, l'avenir sur sa tête de caillou.

*

Younès rappelle alors qu'elle reçoit Grichka et sa mère. Sur l'écran de son téléphone c'est le visage blond de Gabriel qui s'affiche, elle n'a pas changé la photo. Mais c'est Younès évidemment. Évidemment elle ne peut pas le prendre. Grichka porte un casque pour le protéger des ondes. Grichka est le point de contact d'une civilisation extraterrestre située du côté d'Alpha du Centaure. Les visites des extraterrestres le perturbent et sa mère trouve qu'il a besoin d'en parler à un psy. Grichka regarde Rose intensément. Les extraterrestres confient à l'enfant des missions ponctuelles qui sont un entraînement en vue de missions plus importantes. Ils communiquent avec l'enfant par ondes et ça le fatigue, bien sûr, d'où le casque. La mère ne souhaite pas interrompre les contacts, mais les limiter. Les extraterrestres surveillent Grichka à distance et le téléguident ponctuellement (« ponctuellement ? » répète Rose). Les extraterrestres, hélas, la mère ne les a jamais vus ; pourtant elle sent leur présence quand ils approchent son fils. Grichka a neuf ans. La mère a choisi son prénom (Rose pose la question) en hommage à « Temps X », l'émission d'Igor et Grichka Bogdanov.

Rose demande à Grichka s'il veut dire quelque chose. Le petit garçon fait non de la tête. Des sortes de breloques s'agitent sur le casque. Le gling gling des breloques évoque à Rose le léger parasitage produit par l'appel de Younès dans son cerveau.

La mère comprend très bien, oui : il faut laisser Grichka en tête-à-tête un moment avec la psy. Avant de sortir elle règle deux ou trois breloques sur le casque, comme des antennes. Puis on entend qu'elle reste derrière la porte. Rose rouvre la porte, accompagne la mère dans la salle d'attente, revient, ferme la porte.

Grichka et Rose se regardent.

« Ça ne doit pas être facile », dit Rose.

Le petit garçon fait non de la tête. Ça fait gling gling.

★

Younès ne laisse jamais de message. Il appelle,
c'est tout. C'est devenu une routine : elle voit le visage
de Gabriel, et elle ne décroche pas. Ce n'est jamais le
bon moment – en séance, dans le métro, le soir entre
son mari et la bouteille. Mais il appelle suffisamment
souvent pour qu'elle remarque quand il n'appelle pas.
Et surtout, à chaque fois elle se dit : *j'ai fait une connerie*. La phrase devient sa sonnerie à elle, les femmes
souvent se disent qu'elles sont connes, on le leur
répète, mais là oui, elle a fait une connerie en donnant ce téléphone à cet inconnu. Elle laisse sonner
en regardant sur l'écran l'ancien visage de son fils, les
rondeurs encore poupines. Quand c'est son vrai fils,
une photo plus récente apparaît, quinze ans au lieu
de quatorze, cheveux blonds coupés court devenus
presque châtains.

Elle a peur qu'il lui demande des choses qu'elle
ne pourrait pas. Des promesses. De l'argent. D'inte-
nables engagements. Un peu d'argent, ça irait. Mais
plus d'argent ? Ou quoi d'autre ? Grichka, elle peut.
Grichka et sa mère et les autres. Elle a les compé-
tences. Les nerfs. Et il y a l'institution, murs, direction, évaluation, collègues, l'institution qui certes
pose des problèmes, mais pour Younès elle n'a rien. Il

faudrait qu'elle contacte une association. Mais toutes ces bonnes âmes simplistes. Il appelle pour demander quelque chose. Obligé. Pas pour faire la conversation.

Younès est quelque part en ce moment : *en ce moment*, songe-t-elle. Où ? Dans quel état ? S'il appelle c'est qu'il n'est pas mort. Sauf si quelqu'un lui a volé le portable. Younès. De plus en plus abstrait. Elle essaie de se persuader qu'il y a quelqu'un au bout du téléphone, comme on se persuade, à force de raisonnement et d'imagination, qu'il y a des galaxies au-dessus de Paris et de vraies baleines en ce moment même dans la mer. Elle a cherché sur Facebook mais il semble qu'il y ait des milliers de Younès dans le monde. Sur Magicmaman elle apprend que Younès est le Jonas arabe. La troisième ligne bleue du moteur de recherche mentionne un Younès Abaaoud, « lionceau du Califat », quinze ans à peine dans les rangs de Daech. Le lionceau a des joues rondes et tente de se faire pousser une barbe. Ce n'est pas son Younès.

Un jour il lui envoie un texto. Un texto très écrit. « Le visage de la maman me donne force et courage. » Qu'est-ce que ça veut dire ? Est-ce qu'il la *drague* ? Est-ce qu'il cherche à la séduire pour lui extorquer de l'argent, des papiers ? Du calme. « Le visage de la maman me donne force et courage. » C'est un peu mièvre. Ou poétique? Comme un mantra. Je suis une maman. Cette identité-là. Il me regarde et je le protège. Désormais, quand il appelle, elle se concentre pour lui envoyer de bonnes ondes. Elle essaie de se transformer en ces images pieuses qu'on serre entre ses doigts quand on a besoin de prier. Une icône. Une Vierge Marie. Certes au Niger ils sont plutôt musulmans. Renseignements pris, elle apprend par son coquin de fils que la photo qu'il a choisie pour illustrer le contact « maman » la montre à Pâques coiffée d'un serre-tête à oreilles de lapin appartenant à Emma.

Elle se sent comme une vieille blanche qui aurait fantasmé sur un jeune noir. Et elle essaie de se rappeler son visage à lui, le jeune noir. Son front bosselé, ses boucles mouillées – ses yeux elle les voit, sa main très fine, le reste elle n'y arrive pas, se perd dans le bateau, les tissus trempés, la Nigériane moulée dans le pull de Gabriel, les gouttes, le bruit, et quelque chose qui cale, qui racle, comme un moteur grippé. La nuit elle rêve qu'elle a du mal à marcher. Elle avance dans un couloir mais elle n'avance pas. C'est à la fois dans ses hanches et dans l'espace. C'est dans son corps et dans les trois dimensions. Un pied. L'autre. En équilibre instable. Comme une glu, comme des monticules de colle, quelque chose d'infranchissable, qu'elle n'arrive pas à voir et qu'elle enjambe avec horreur.

*

Depuis quelque temps la différence entre intérieur et extérieur lui est plus pénible qu'avant. Comment dire. Est-ce l'époque (ce début de millénaire) ou le fait qu'elle vieillit (son âge)? Sa génération est aux portes du désastre tout en étant des mieux loties (surtout les femmes, quand on compare avec les zones encore barbares de la planète). La prémonition des ruines suscite une angoisse encore supérieure à celle des temps obscurs, elle en est sûre. D'où l'importance de la maison. D'être à l'abri. Et mieux qu'à Paris. Elle voudrait une maison Tupperware. Hermétique, propre, durable.

Entre deux patients elle va sur Google Earth et regarde leur maison au village. Son toit solide, son jardin enclos, sa petite mare; la zone pavillonnaire très verte, la perfection de la situation, ni trop près ni trop loin de la ville, et l'océan à cinquante kilomètres : en dézoomant on voit le grand bord bleu. C'est un héritage simple, parents et grands-parents échaudés par l'Histoire se sont chichement reproduits, et la vente de l'appartement parisien couvre largement travaux et frais de succession. Rose est ainsi devenue propriétaire de cette maison familiale de quatre chambres et combles aménageables sur une parcelle conséquente, trois mille mètres carrés, de la surface de la Terre, sous un climat modeste, tempéré et peu venteux, au fond du golfe de Gascogne.

Pourvu que le Gulf Stream continue à circuler. Elle dézoome encore, l'Adour se déverse en jaune dans la mer bleue, plus loin en bleu foncé les fosses marines où survivent peut-être des bêtes inouïes. Elle rezoome, voici le toit de tuiles, elle essaie de se voir, de distinguer sa propre famille à travers le léger flou satellite. Comme une photo du futur. Mais la photo est vieille et devant la maison est encore garée la Renault Scenic de la grand-mère, ça fait bizarre. Elle a postulé pour les deux centres médico-psycho-pédagogique locaux, elle aurait un peu de route pour celui de la côte mais le trajet est joli, elle n'a encore rien dit ici de son départ.

Son prochain patient est en retard alors Rose traverse l'Atlantique. Il y a des montagnes sous la mer et une très longue faille qui fait une fontanelle au crâne de l'océan. Elle arrive à New York, zoome sur Long Island, Amityville. Le cas d'école de la maison invendable. Ça fascine son mari. Sextuple meurtre en 1974. Et pourtant « la maison du diable » a été vendue et revendue. Les retraités qui l'ont habitée alors même que le célèbre film sortait assurent n'avoir rien remarqué d'anormal. Rose, en quelques clics, constate que cette maison de grand standing avec joli jardin, cinq chambres et quatre salles de bains, sur un bras de mer à une heure de New York, vaut, bon an mal an, son million de dollars.

En relevant la tête elle voit par la fenêtre de son bureau la terrasse goudronnée où la crèche voisine a installé un pauvre toboggan. Et elle pense aux journées à la mer, à celles du futur et à celles du passé. À Clèves, oui, une autre vie sera possible, au vert, au bleu, au soleil.

★

« Je vais casser tout » hurle Bilal. Il a attendu cinq minutes de trop dans la salle d'attente, attendre est une des choses qu'il ne sait pas faire, et le faire entrer dans le bureau est toujours une aventure, les transitions le terrorisent, les seuils, les passages, je vais casser tout. Rose pour le moment considère que son entrée est le traitement lui-même, la cure, le soin. Que Bilal entre, qu'il veuille bien y être invité et que le rendez-vous chaque semaine soit tenu ; et chaque phrase qu'il prononce est un progrès, et s'il dit qu'il va tout casser on peut espérer qu'il ne le fera pas.

Dans l'immédiat Bilal empoigne la chaise des patients. « Bilal » dit-elle. Bilal crie si fort qu'aucun son ne peut lui parvenir, la chaise vole en direction de l'ordinateur et Rose visualise Cervix pulvérisé – mais non, c'est sur le mur que la chaise rebondit. « Bilal » répète Rose mais son téléphone sonne, elle a oublié de le mettre sur silencieux, elle fouille dans son sac pour arrêter le bruit mais Bilal est furieux maintenant, vraiment furieux, il roule sur le divan avec une pirouette si vive que des ailes semblent surgir de son dos. « Bilal » insiste-t-elle, elle remet la chaise debout mais Bilal la reprend, elle tient un pied, il tient l'autre, ça ne va pas, elle lâche, cette fois il la jette très fort sur la porte qui encaisse avec un gros impact. Il a raison, il faut casser tout, mais dans l'immédiat on va interrompre la séance. Faire sortir Bilal est aussi difficile que le faire entrer. Bilal est pris dans son cercle de cendres. Elle tente un truc avec les pieds comme elle a vu dans *Nosferatu le vampire*. Elle frotte ses pieds sur le linoléum et disperse la cendre imaginaire. Bilal interloqué cesse de battre des ailes. Il a onze ans et il est aussi grand qu'elle. Elle se penche pour souffler sur la cendre, leurs têtes se frôlent. Ils regardent tous les deux ce qui bloque le passage. Ils regardent l'invisible dans le sol.

L'enchantement cesse dès qu'elle ouvre la porte – Bilal se remet à crier, son père proteste : « Vous me le rendez encore plus agité ! » Il prend à témoin toute la salle d'attente : ça ne sert à rien, et Rose Goyenetche n'est *jamais* à l'heure, et avant le Centre était plus près – « je sais, dit Rose, ils démantèlent la psychothérapie de secteur » – Bilal hurle – « moi, dit le père, moi j'ai besoin que vous aidiez mon fils ». Ils sont d'accord. Elle lui tend la main. Une frayeur la traverse, pourvu qu'il ne soit pas de ces hommes qui ne veulent pas serrer la main des femmes. Mais il lui prend la main et le fluide passe avec douceur, le volume sonore baisse et elle retrouve ce contact amorti avec l'espace, la gomme du linoléum sous ses semelles, l'*au revoir* du père et un petit peu de confiance retrouvée, entre eux, en elle, en ce qu'elle fait.

*

Younès a laissé un message. Son premier message parlé. Pourquoi elle n'écoute pas le message depuis son bureau, elle ne sait pas. En bas, c'est comme si bruit et silence étaient mieux répartis. Pourtant il y a des travaux dans le hall. La directrice fait construire un plateau diagnostic où chaque enfant sera bilanté. Des ouvriers, tous noirs, repeignent en saumon. Leur radio est allumée. Le message de Younès est presque inaudible, elle attrape un mot sur trois, ça ne change pas de certains de ses patients, heureusement elle peut réécouter autant de fois que nécessaire : il espère qu'elle va bien et toute sa famille et ses enfants par la grâce de Dieu, et ensuite, répétées, les syllabes ga-dé-lion, comment ça, des lions, lionceau du califat – c'est *gare de Lyon* évidemment. Il arrive Gare de Lyon. À sept heures trente-sept du soir. Il roule les *r*. Il arrive. Aujourd'hui. Ce soir.

Elle contemple le hall. Là où le saumon n'est pas encore passé, le vieux papier peint est beige et gaufré. Il reste de nombreuses prises électriques à hauteur des doigts des petits agités, à croire que c'est une méthode pour les éliminer. Une immense fatigue en forme de filet tombe sur les épaules de Rose. Cesaria Evora chante dans la radio puis un homme parle. Il parle des migrants parce que tout le monde parle constamment des migrants. « *C'est clair et net qu'un discours de vérité est en train d'émerger. Nous n'avons pas vocation à être un sous-marin des partis d'une quelconque manière, si les propositions de l'extrême droite se rapprochent des nôtres c'est vous qui le dites et nous en prenons acte. Par exemple on arrive à considérer comme une figure tutélaire de la gauche qui est Georges Marchais déjà en 1980 le disait que l'immigration économique n'est pas souhaitable en France s'effectuant au détriment des travailleurs français. On note qu'à Calais il y a 1 % de réfugiés syriens et tout le reste c'est érythréen, soudanais, afghan. Ce ne sont*

115

donc pas des gens qui fuient la guerre. On le voit sur le terrain. Je le considère, oui, on peut le dire, avec certitude. L'argument du réfugié syrien pour imposer les autres économiques, on le connaît, bien sûr au milieu il y a des cas humanitaires qui méritent qu'on s'y attache. Mais ce n'est pas du tout de ça qu'il s'agit. Notre but en tant qu'association c'est d'aider les collectifs citoyens locaux à lutter à armes égales avec la puissance étatique et médiatique qui diffuse des contre-vérités. » Elle pose la main à plat sur le papier gaufré. Son mari lui parle souvent du *feng shui*, cette philosophie chinoise de l'habitat : il faut faire la paix avec les bâtiments, leur transmettre de l'énergie par des offrandes. Le vieil hôpital gémit. Il lui semble entendre Bilal.

*

Elle change à Gare du Nord pour le RER, elle court. La baby-sitter part à 19 h 30 et son mari n'est jamais là avant 20 heures, tant pis, Gabriel s'occupera d'Emma. Dans bien des pays au monde ils seraient déjà autonomes, non ? Elle pousse pour entrer dans la rame, les portes se ferment dans son dos. Elle place son regard dans l'espace aussi précisément que son corps. Ne croiser aucun regard. Maintenant elle ne fait plus tellement partie de la chair fraîche, sa vigilance anti-mains baladeuses a baissé, mais la technicité de l'évitement s'est doublée, depuis quelques années, de la peur que là, au milieu des corps, un corps hostile explose. Et ce n'est que par sa grande habitude des transports en commun que Rose Goyenetche peut dériver dans l'espace-temps, quelques minutes s'absenter, les yeux mi-clos, accrochée à une barre. Elle voit Clèves sous ses paupières, elle suit une route précise, ça file, elle arrive en bas du village et la rivière éclate dans ses yeux. C'est l'été, le bleu du ciel et le vert de l'eau, c'est un lieu précis vers l'amont, le petit barrage avec la passerelle à saumons.

À l'arrêt Gare de Lyon il y a le ressac habituel des banlieusards pressés et des provinciaux anxieux. Elle pousse comme tout le monde. Il est 19 h 33, il lui reste quatre minutes et c'est la plus grande gare de Paris. Et il ne lui a pas dit d'où il vient : Nice, Toulon, Marseille ? Elle essaie de repérer le 19 h 37 sur le tableau des arrivées. Elle pourrait l'appeler mais non. Pourquoi elle ne l'appelle pas. Qu'est-ce qu'elle va faire. L'accueillir à Paris ? Ils déménagent dans quatre mois. Elle visualise la maison de Clèves. Elle est grande. Mais de toute façon ce n'est pas ça qu'il veut, qu'est-ce qu'il ferait, à Clèves ?

Le ciel est un entrelacs de tuyaux et de béton noir. Les escaliers mécaniques se croisent avec leurs lots énormes de voyageurs le long d'une verrière abritant des palmiers. Les usagers se distribuent rapidement et méthodiquement d'un point à un autre. Ce n'est pas laid, c'est efficace. Il lui semble que la gare va se replier sur elle comme une grande enveloppe et la poster, zou, quelque part.

La voix féminine de la gare annonce avec fermeté les trains partant et arrivant. *Éloignez-vous de la bordure du quai s'il vous plaît.* Le train est là. 19 h 38. Du nerf. Les passagers arrivent sur elle, elle isole les visages, avance un peu puis se décale sur le côté, là où on ne la bouscule pas, derrière un grand panneau flottant : *Alerte attentat tous vos bagages peuvent être contrôlés.* Un vent glacial vient des quais. Elle boutonne son blouson, noue son écharpe autour de sa tête. Songe fugitivement qu'elle veut cacher quoi, ses oreilles de lapin ? Elle va pour s'appuyer mais le panneau est mou. Le quai se vide. Elle ne le voit pas. Le téléphone sonne. C'est lui. Sous le visage de Gabriel. Il faut qu'elle change ça. Qu'elle écrive *Younès* et basta. Lui avoir donné un téléphone c'est déjà bien. Un téléphone c'est déjà beaucoup. Et le forfait qui va avec, cet engagement. Ils vivent dans 58 mètres carrés. Elle regarde le téléphone vibrer dans sa main. Elle revoit les morts sur le pont et le capitaine si brave. Il faudrait vivre dans un pays brave et sur une planète brave qui répartisse bravement ses occupants. Elle n'a pas la puissance. Elle n'en a même pas parlé à son mari. Le quai s'est vidé et il est là, seul, net et penché. Il est sur son téléphone et il relève la tête, il cherche du regard. Long, maigre, cheveux plus courts, et – ça lui serre le cœur – vêtu de la parka de Gabriel. Il ne l'a pas vendue ou échangée ou perdue, que sais-je. Il l'a gardée. Parce qu'il en a besoin. D'ailleurs il fait froid sur ce quai. Le cœur lui manque. Elle profite d'un dernier groupe de passagers pour reculer.

Elle se planque au Relais H, ça devient pathétique et ça dure. Il reste là, debout. Un sac en plastique transparent est entortillé autour de son poignet, dedans il y a une canette d'Oasis et, on distingue mal, ça ressemble à une paire de gros gants. C'est son seul bagage. Il regarde, il tourne un peu sur lui-même. Le quai est complètement vide à part les équipes de nettoyage. Il téléphone à nouveau. Mais ce n'est pas à elle. Il se met en mouvement. C'est d'abord presque imperceptible. Il bouge. Puis il se met à avancer franchement, téléphone à l'oreille. Maintenant il ressemble presque à n'importe qui. Elle le devine plus qu'elle ne le voit, il a atteint le bout du quai. La gare s'ouvre devant lui comme une mer. Elle imagine son fils dans un pays étranger, devant tous les visages, tous les corps, tous les gens qui vont quelque part. Devant les kiosques, les guichets, les files d'attente, la pharmacie, les bistrots, les escaliers, les néons, les flics, les militaires, les vigiles, les clochards, les Roms, les lumières de la nuit dehors, la ville. Il cherche encore. Elle baisse la tête. Ou bien quoi, lui donner de l'argent et s'enfuir ? Lui payer une chambre d'hôtel ? Ou la clef de la maison de Clèves, la lui confier ? Pourquoi tient-elle tellement à l'envoyer à la campagne ?

Il avance vers Paris. Il a toujours son téléphone à l'oreille. Il a donc quelqu'un d'autre qu'elle ? Ou se donne-t-il une contenance ? Les petites bandes fluo de la parka de Gabriel font des zigzags lumineux dans la foule. Elle se met à le suivre de loin. Des gens avancent à contre-courant, il lui semble qu'il n'y a qu'eux deux pour aller dans ce sens, vers le grand déversoir des rues, du haut de cette place encombrée de taxis d'où on domine légèrement Paris, le XIIe arrondissement, les sex-shops et les bistrots, les arrêts de bus, la station de métro, les Vélib', les voitures, les piétons, les chiens, les arbres parisiens et cette nuit étrangère qui fume.

Elle le voit, de dos, voyant Paris pour la première fois. C'est l'aventure. Il va plonger ou se tourner vers elle. Il va entrer dans la ville. Ou regarder en arrière. Elle ne voit que le dos de la parka, les manches avec les trucs fluo, les maigres jambes dans le maigre jean, le sac en plastique, les cheveux courts. Vacillant sur le seuil. Elle espère que ses yeux brillent. Elle espère : brillent de joie et d'aventure et de jeunesse. Elle prie. Que ses yeux brillent de joie. Oui, elle aimerait que son pouvoir s'étende bien au-delà de ce qu'elle sait ; elle voudrait être une héroïne incognito dans la ville, et l'accompagner de ses pouvoirs magiques. Elle voudrait l'entourer d'un bouclier cosmique, et qu'il survole ignifugé tous les dangers, et qu'il rie de joie, devant Paris.

Paris. Elle entend le nom comme elle l'entendait gamine, *Paris*, l'appel de la première syllabe et l'air frais entre les dents, Paris, partir. Quitter son bled et monter à Paris. Lui est monté de très loin, du Niger, un méridien plein Nord. Il traverse la place encombrée. Il prend à gauche sur l'avenue. Il semble savoir où il va. Ou alors il fait très bien semblant. Elle le suit. Il marche rapidement. Aussi bien il est déjà venu. L'idée la percute. Aussi bien elle n'assiste pas du tout à un premier contact avec Paris, *touch down*, le petit satellite qui se pose sur la ville planète. Il regarde la Seine. Elle est noire. Maintenant il longe le quai, l'autoroute urbaine qui propulse les voitures vers Notre-Dame à l'Ouest et vers Bercy à l'Est. La morgue est là, entre les deux. Elle semble bâtie exprès dans le courant pour pêcher les noyés. Il y a peu de piétons, et tout un tas de morts dans le cube de briques posé au bord de l'eau. Rose se cache derrière un platane comme dans les films. Elle habitait ici, non à la morgue bien entendu, mais en face, au 70 quai de la Rapée, sa première adresse à Paris. Étudiante. Le quartier était en chantier. Elle marche sur le passé très reconstruit. Des immeubles neufs en verre, et l'étudiante qui ne s'est jamais reflétée dessus mais qui a pourtant marché sur ce sol suit maintenant un jeune inconnu dans un espace changé, elle est une quadragénaire dans un monde en migration.

Il prend le pont Charles-de-Gaulle, un pont récent, qu'elle n'a jamais franchi à pied, et qui ressemble à un porte-avions. Le vent souffle. Une péniche vient. Younès ralentit, il regarde le long bateau s'enfoncer sous lui, elle espère qu'il ressent cette joie enfantine de voir que ça passe juste, que le pilote a bien visé. Maintenant il marche vite, la tête toujours penchée vers son téléphone. Il a mis sa capuche. Quelqu'un doit le guider. Est-ce qu'il trouve que c'est beau la Seine? Est-il né au bord du Niger? Est-ce que la différence est abyssale ou y a-t-il là deux fleuves simplement, avec leur système de fleuve et leur niveau et leurs bateaux? Ils sont seuls à marcher sur le pont, dans le boyau réservé aux piétons. Elle reste en arrière, toute la longueur du pont est entre eux. S'il se retourne il la verra. Mais il regarde où il va, vers la rive en face. La Seine est étroite, quatre mouettes et une odeur vague, elle se demande s'il est déçu. Quel paysage voit-il? Cherche-t-il quelqu'un d'autre qu'elle, quelqu'un de plus précis? Au bout du pont, il descend un escalier, elle trottine pour ne pas le perdre. La lumière verte de la Cité de la Mode et du Design l'éblouit, là, avec sa courbe spectaculaire. Puis ses yeux s'habituent et elle voit sous le pont, dans le bas-fond du premier pilier : des dizaines, des centaines de tentes alignées serrées sur trois rangs. Elle descend une moitié d'escalier, elle l'a perdu. Le dessous du pont fait un large et long plafond futuriste, très lisse, très blanc, comme une navette échouée sous le ventre de laquelle l'humanité se serait réfugiée. Il y a des braseros et des silhouettes. Elle voit maintenant distinctement les gens, debout, assis, qui exhalent de la buée sous les lignes très pures de l'architecture visionnaire. Elle n'ose pas aller plus loin. Tout est moderne et hors du temps, neuf et misérable, médiéval et maintenant. C'est la science-fiction. Où est-il? Est-ce qu'elle l'a trahi? Elle n'a pas dit qu'elle viendrait. Elle n'a rien promis. Elle n'a pas répondu. Elle pense au fait qu'elle est seule ici, sans personne qu'elle ait prévenu. Elle pense à la vengeance de tous ces hommes bafoués. On retrouverait son corps dans la Seine dont elle serait la nouvelle Inconnue. Son mari irait la reconnaître à la morgue.

Elle remonte l'escalier, prend une passerelle, monte encore un étage. Un homme descend. L'escalier pue la pisse et le type la regarde et l'adrénaline lui saisit le cœur : c'est le type des cabines sans fenêtres. Le type flou, qui s'est jeté par-dessus bord pendant la croisière. Il disparaît dans la nuit. Elle devient zinzin. Ou c'est un dérèglement général du monde.

Le ciel ultra-civilisé de Paris s'ouvre sur la terrasse de la Cité de la Mode. Elle n'est jamais venue. Tout est jeune et branché et un peu intimidant. Elle n'est pas du tout habillée pour, mais enfin ça ira, la Parisienne est chic par nature, elle a juste besoin d'un verre. Elle ouvre son sac pour montrer aux vigiles qu'elle n'a ni armes ni explosifs et elle voit l'heure sur son téléphone : 20 h 23. Il y a plusieurs appels de son mari, et le vrai Gabriel s'inquiète aussi par texto : « T ou ? » Une baby-sitter qui reste jusqu'à 19 h 30 ça ne leur suffit pas, il faudrait être localisable en permanence. Elle commande un mojito. D'un trait elle se remplit de chaleur et de raison. Ça va mieux. Elle se remet à penser droit. Qu'est-ce qui lui a pris. Le suivre dans la ville. Se mêler de tout ça. Ça ne lui ressemble pas. Même faire une croisière ne lui ressemblait pas.

La seule marge de manœuvre qu'elle a sur le monde, sa seule façon d'agir, son seul possible, sa *liberté* bordel, c'est d'éviter que des enfants de toutes sortes ne soient la proie de la folie générale. C'est son métier. Voilà. C'est déjà énorme. C'est sa vie.

Un deuxième mojito. La musique est forte. L'ambiance est bizarre. Ou c'est elle qui ne sait plus sortir ni s'amuser. Les gens sont trentenaires, longs et élégants, plutôt des garçons, avec ces barbes qu'ils portent aujourd'hui. À la mode chez les branchés et chez les djihadistes. Son fils dirait que ce n'est pas la même barbe, et que plus personne ne dit « branché ». Il y en a deux qui s'embrassent juste à sa gauche, au bar. Des barbus. Ils boivent des Spritz. Elle aurait dû commander un Spritz. Derrière elle une jeune femme et un jeune homme sont appuyés à la rambarde qui donne, deux étages plus bas, sur la Seine et les tentes. Des bouts de conversation lui parviennent dans le vent. « On ne construit pas sur des sables mouvants. C'est ma devise. Et José, c'est un sable mouvant. » La fille, en talons hauts, s'emmitoufle dans une magnifique écharpe colorée, le vent ne semble là que pour lui proposer cette danse, cette grâce, de gonfler ses plumes. Son ami lui tient son verre et lui sourit, il sourit à la fille et à la Seine, il lui sourit même à elle, Rose. Il semble vouloir partager une opinion, que la vie est

belle et le monde enchanté et José un sable mouvant.
« Gadget veut dire gadget, c'est-à-dire quelque chose
qu'on jette. Sinon on ne parle pas de gadget. Je ne vois
pas pourquoi on part en week-end avec quelqu'un
qu'on jette. » La fille a un sourire ironique, détaché,
elle est super-belle. Pourquoi ne pas leur accorder à
eux aussi ce trouble qui la tient ? Ce malaise qu'en
dessous les pauvres, au-dessus les riches ? Mais quoi.
Rien de neuf. La petite fille aux allumettes est morte
de faim et de froid sous les fenêtres des festins. D'ailleurs il y a un petit groupe de migrants, ou comment
dit-on, de réfugiés, sur la terrasse à quelques mètres
des fêtards. Une très légère porosité entre les deux
niveaux. Ils boivent des bières et restent entre eux.
Deux vigiles de la même couleur veillent. À cinq
euros le gobelet de bière, de toute façon la surveillance est vite faite. Elle hésite. Elle pourrait aller vers
eux, et prononcer son nom. Younès. Demander. Elle
commande un Spritz. Elle s'accoude à la rambarde, et
elle le voit. Les zébrures des bandes fluo. La parka de
Gabriel danse comme une écriture dans les braseros.
Elle reste là, appuyée à la rambarde, hypnotisée, son
verre à la main au-dessus du petit voyageur zigzagant.

★

III

*« Qu'y a-t-il de pire qu'être dehors ? Être
dehors sans rien. »*

Tom-Tom, Secours Catholique de Calais

Si on fait la liste des raisons qui les poussent à
quitter Paris, il y a – mais dans quel ordre ? – l'impos-
sibilité de se loger décemment même avec deux
salaires, la dégradation de ses conditions de travail à
elle, sa guerre immobilière à lui et ses fantômes, les
attentats, les élections, le goût inassouvi du jardi-
nage, la recherche d'une autre issue entre eux que le
divorce, l'affaire du cartable d'Emma, le flottement
général de Gabriel, le besoin d'air. Elle mène Bilal
aussi loin qu'elle peut, et Grichka et sa mère et les
extraterrestres. Elle a beau les recommander aux meil-
leurs de ses collègues, elle sait qu'elle les plante là. Et
Younès. Rien à voir avec Younès. De toute façon, Younès, elle n'en a parlé à personne. Elle fait une dernière

promenade – pas la dernière, non, elle reviendra, il y a juste cette idée pénible, surréaliste, de devoir loger à l'hôtel ou chez des amis s'il lui prenait l'envie de *se rendre* à Paris. Elle longe un très vieux quai où ont vécu des peintres et des poètes. Un temps bleu passe sur la ville. Les saules pleureurs portent leurs fines feuilles pâles, les pavés sont anciens, l'air est doux, les bateaux-mouches se croisent, les touristes font la queue devant les glaciers, le soleil chauffe à travers de petits nuages blancs. Notre-Dame ici et l'Hôtel de Ville là. La tour Saint-Jacques. La morgue au loin derrière les platanes. Le printemps qui vient est déjà chaud. L'été sera brûlant. Regrettera-t-elle Paris, à la campagne ? Elle regrettera sûrement ses amies et son cours de Pilates.

Le cartable d'Emma a conforté, s'il était besoin, leur décision de partir. Emma depuis quelque temps, on avait beau la laver, changer ses habits, il flottait autour d'elle une odeur. Une odeur piquante, entêtante, dégueulasse – une odeur de merde. Avec ça, crise d'eczéma carabinée, mais avec Emma on a l'habitude, on l'enduit de crème, on limite les bains en la nettoyant au gant – l'eau de Paris est très calcaire, le sol de Paris, égouts et catacombes, est une vaste carrière de craie – bref, l'odeur ne part pas. Emma ne veut plus aller à l'école, mais comme Emma n'a jamais voulu aller à l'école, on la presse de se lever, de s'habiller, d'avaler ses Miel Pops et de s'exécuter, quand on pense à toutes les petites filles qui n'ont pas la chance d'être scolarisées. La baby-sitter se plaint elle aussi de l'odeur. Le deuxième ou le troisième soir, à vrai dire le soir de la lubie de la gare de Lyon, Rose décide d'aller lui faire un bisou même s'il est tard, dans sa chambre trop petite, certes, mais où Rose s'est toujours sentie heureuse, elle s'en rend compte maintenant, maintenant que sur le casanier parfum oignon-viande du kebab d'en bas, flotte cette prenante odeur de merde. Gabriel s'est carrément délocalisé sur le canapé du salon. Emma ne dort pas. Elle pleure sous sa couette rose. L'eczéma est tel qu'on la distingue à peine, en camaïeu rose vif. Ses joues sont aussi pelucheuses que le tissu, Rose l'embrasse, elle écarte les cheveux collés, elle lui essuie les yeux, le nez, et toute sa force s'évanouit. Elle ne parvient pas à soigner ses propres enfants. Elle enfonce sa tête dans le cou de sa fille. Elle voudrait se consoler elle-même, chercher du réconfort auprès de cette petite fille qui pleure. Elle pose des questions sur la journée, sur ce qui ne va pas, mais la petite ne répond pas, elle ne répond jamais. Quand elle dit trois mots elle parle des animaux : d'un chien qui l'a regardée dans la rue, d'une baleine au fond de la baignoire. Elle n'a jamais raconté l'Acropole, dans quelle faille elle avait bien pu glisser – ou avec qui ? Rose la serre plus fort, Emma proteste. À fermer les yeux dans l'ombre rose, elle sent les deux ou trois, peut-être les trois ou quatre, mojitos et Spritz qu'elle a bus à la Cité de la Mode. Il faudrait la protéger. La protéger. Elle comprend la mère de Grichka et le casque. Inventer pour Emma un scaphandrier complet des pieds à la tête. Dresser autour d'Emma des paratonnerres, bâtir des sarcophages aussi épais qu'à Tchernobyl.

Qu'est-ce qu'elle a mal fait ? Quand Emma était bébé, si un adulte rapportait étourdiment en sa présence quelque événement affreux, elle rectifiait avec hâte : « Le monde n'est pas comme ça, Emma. » Elle n'aurait pas dû. Elle aurait dû l'aguerrir, la laisser constater à quel point le monde n'a que faire d'un petit être humain de plus. Elle prolonge le câlin malgré l'odeur. L'énergie s'accumule et monte en dôme au-dessus d'elles. La force revient, elle se sent à nouveau capable d'affronter l'extérieur. Et l'extérieur, dans cette minuscule chambre d'enfant, c'est l'odeur. Dans la maison d'Amityville les manifestations démoniaques ont commencé par les odeurs. Peut-être s'est-il passé, ici aussi, des choses horribles. Un enfant martyr. Un pendu. Elle se lève pour décrocher d'un cintre un petit manteau qui fait une ombre. Elle se prend les pieds dans les bretelles du cartable et se cogne au mur. Merde. L'odeur a jailli comme un diable. C'est le cartable. L'intérieur du cartable. Il est tartiné de merde. Un étron est écrasé au fond. Quelqu'un a chié dans le cartable d'Emma. Les cahiers sont collés, tout est à jeter. Depuis quand ce cartable n'a-t-il pas été ouvert, dire qu'on paie la baby-sitter pour les devoirs, et la petite ne veut rien dire, qui a fait ça, elle pleure si fort que Christian arrive et recule face à la puanteur, il crie, « il faut quitter cette école », ça fait des mois qu'il le dit, et les sanglots d'Emma redoublent, il faut tout quitter, tout quitter.

*

Elle a convoqué Grichka et sa mère, il faut qu'elle leur parle, tout de suite, voilà : elle a eu une illumination – un *insight*. « Comme si j'avais reçu un message. » Grichka se tait, tendu : il sait que Rose parle le langage maternel. « La psychanalyse, dit Rose, va se charger des ondes. » Elle porte les deux mains à ses tempes : « Je serai désormais le récepteur. Voyez-moi comme une antenne terrestre ou un paratonnerre. » Elle écarte les mains devant elle. Son cœur cogne. Ça commence peut-être à fonctionner. Mais la mère veut davantage d'explications. « Le Président Schreber disait que les extraterrestres – il les appelait "Dieu" – avaient branché directement des ondes sur son crâne. »

Rose tend ses cheveux en l'air pour mimer. Elle sent la mère encore un peu sceptique. « Grâce au transfert, insiste Rose, on peut opérer des connexions qui permettent de se passer de matériel high-tech ou d'autres appareillages coûteux ou encombrants. Grichka peut faire sans casque. »

Elle pose la main sur l'épaule de la mère, maternellement, professoralement, sororalement, ce qu'on veut. Elle met tout ça dans sa main. Elle ne sent dans l'immédiat aucune transmission mais tout de même, une forte détente musculaire. Grichka lui concède un sourire admiratif.

Pendant quelques secondes il ne se passe rien. Mains sur les accoudoirs, tête en arrière, la mère ressemble à une cosmonaute au décollage. Rose plisse les yeux et attend, elle-même, la grande impulsion, le *take off*... Ce moment où les moteurs donnent tout, où le retour en arrière n'est plus possible... Elle se voit sur une route avec ses enfants, l'apocalypse est derrière elle, quelque chose comme un Paris rasé, fumant et disparu. Et ce récit, de sa grand-mère, celle qui lui a légué la maison et son espèce de force, toquer à une porte pendant l'exode et se voir refuser un verre d'eau, un simple verre d'eau pour le petit. Elle voit et sent tout ça, des bribes, des flashs, des capsules de temps.

La mère réveille tout le monde en disant :
« d'accord ». Rose fait un petit tour de passe-passe
final, les mains au-dessus du casque de Grichka. Ça
fait gling gling alors qu'elle ne le touche pas. Alors que
Grichka ne bouge pas. Bon. Elle détache le casque
sous son menton en faisant gaffe à ne pas le pincer. Il y
a un petit *paf* électrique quand leurs peaux se frôlent.
Grichka glousse parce que ça le chatouille et que la
peau de son crâne respire et que l'horizon se dégage.

Il y a encore un énorme temps de suspension.
Mais les extraterrestres n'attaquent pas. La pièce ne se
met ni à siffler ni à tourner. La mère de Grichka tient
le coup. Rose demande si elle peut garder le casque,
pour analyse. La mère acquiesce avec majesté.

*

Elle annonce à Bilal qu'elle s'en va, et qu'il peut
tout casser maintenant. Elle a protégé l'ordinateur
derrière un muret de livres. Mais Bilal reste interdit.
Le départ de la psy le pétrifie. C'est très perturbant
de voir Bilal immobile. Il faudrait qu'il se remette à
bouger, vite, mais rien ne vient, il fixe toujours Rose
de ses yeux stupéfaits. Qu'est-ce qu'on demande à sa
psy, à part d'être là ?

Rose hésite. Elle tend la main. Dolto ne touchait jamais les enfants qui ne la touchaient pas d'eux-mêmes. Mais Rose s'autorise, elle voudrait voir, avec Bilal... si le contact... elle pose sa main sur sa main. Le gosse est toujours à l'arrêt. Le fluide, s'il s'agit d'un fluide, passe entre les deux peaux. Ça fait très chaud et presque un peu mal. Bilal retire sa main, étonné. Mais c'est comme s'ils s'étaient dit au revoir correctement.

Comme il va lui manquer, Bilal. Alors elle ne peut pas s'empêcher de parler, au revoir Bilal tout ira bien, mais les mots sonnent comme les breloques sur le casque de Grichka.

*

Maintenant on est dans l'avenir. Ils s'installent dans la maison de Clèves. C'est pour de vrai. Christian est chef des ventes à l'agence immobilière du quartier de la gare à B. Nord, à quinze kilomètres du village. L'unique poste vacant au Centre médico-psycho-pédagogique de l'hôpital de la Côte est passé sous le nez de Rose, mais chaque chose en son temps. La maison et leur installation d'abord. Le principal problème psycho-pédagogique, ici, semble être l'absentéisme dû au surf.

Gabriel a grandi et il a droit à la plus grande chambre. Emma sera sous le toit dans une chambre mansardée, ça a son charme. De toute façon il faut répartir le yin et le yang équitablement. C'est Solange depuis Los Angeles qui leur a trouvé l'entrepreneur *feng shui*, ici même, sur la Côte. Il travaille à harmoniser les flux d'énergie dans le bâtiment. Il a ouvert des fenêtres où on ne soupçonnait qu'il pût y en avoir, changé le sens même de la maison. Il leur a fait prendre conscience des blocages dans la circulation du *chi*, surtout dans l'aire des ancêtres : le passé ne doit pas peser sur le futur. À qui le dit-il.

Évidemment tout cela aurait été impossible à Paris. Leur seule marge de manœuvre était la position des lits, et encore. L'entrepreneur *feng shui* est un Basque espagnol qui travaille aussi avec la clientèle russe et anglaise. La Côte, surtout B. Sud, a toujours été cosmopolite ; le village, même dans l'arrière-pays, en reçoit quelque peu l'influence. Et la maison est un chantier. C'est un peu difficile d'avoir quitté Paris pour ça. Le béton ciré n'a pas encore été coulé et le sol est une sorte de ravine avec des fils et des tuyaux et je ne sais quoi encore qui évoque une opération à cœur ouvert. Dans l'immédiat il faut loger dans une seule chambre. Les cartons font une montagne sous l'auvent – aucun des placards n'a encore été monté.

Le jardin est une friche mais il a toujours été comme ça. Rose a des projets, arracher les ronces et les invasives pour obtenir quelque chose comme une prairie où peut-être brouteraient des moutons. La chance de ce jardin c'est la mare, il faudrait la dégager, peut-être y nicheraient les oiseaux migrateurs. Les derniers temps à Paris elle songeait à ça, à la mare et à sa source : en cas de désastre ils auraient de quoi boire et faire un potager. Quand Paris brûlera, quand l'Europe se contractera comme un poing, elle y songe en regardant le jardin.

Ils prennent un verre avec Arnaud qui est un vieux copain du lycée. Arnaud donne des nouvelles de Delphine, et de Lætitia, et du pauvre Monsieur Bihotz. On lui en donne de Solange. Il en avait déjà, forcément – qui n'a pas de nouvelles de Solange, par la presse ou internet. Rose reconnaît chez Arnaud cette pointe de malveillance contre laquelle elle-même voudrait se défendre : l'envie. Même le désastre politique là-bas est un petit plaisir qui complique le rêve américain de leur amie. Avec Arnaud et son mari ils parlent de ça tous les trois, pas de compliquer la vie de Solange mais des effets de toutes ces élections sur le monde, voire sur Clèves. Arnaud pense qu'il faut des hommes à poigne. C'est extraordinaire comme Arnaud a vieilli. Il est ridé, maigre, rouge et luisant.

C'est dimanche au mois de juillet, ils sont assis sur une poutre face au jardin malmené et à la bétonneuse. Rose a cherché des coupes à champagne, impossible de trouver quel carton. Alors elle a rincé les gobelets dont ils se servent depuis leur arrivée. Dans la cuisine la plaque chauffante provisoire est encrassée, et on contourne les meubles Ikea qu'il faut rapporter parce que la profondeur n'est pas la bonne. Rose a un peu envie de pleurer. Mais ce n'est que passager. Quand Arnaud est arrivé elle est sortie dans le grand soleil de la terrasse inachevée et elle lui fait la bise, ça fait longtemps, et ils ont ri parce que leurs joues ont crépité. Christian a débouché le champagne. Arnaud fume beaucoup et boit autant que Christian. D'ailleurs ils terminent le champagne et Christian va fouiller dans la cuisine pour trouver une bouteille de rosé. Elle boit un gobelet de rosé tiède et s'enfile des cacahuètes. Elle vient de croiser son reflet dans la nouvelle baie vitrée et elle est contente de sa silhouette, mais elle sait que dans un miroir, un vrai miroir, ses traits seraient brouillés. Les Pyrénées, elles, sont très nettes, très proches dans le vent du Sud qui semble les porter jusqu'au village. Les voisins d'en face ont vendu leur jardin et trois petits lots ont été bâtis, trois petites villas, on finit par être entassés. Chaque lot déboisé doit être replanté de trois arbres, mais les chênes c'est trop long et puis ça perd ses feuilles, par conséquent on est mal ombragé : des albizzias, des palmiers nains et des lauriers roses qui – ils en tombent d'accord – ne peuvent pas compter pour des arbres. Mais c'est bon contre les mauvais sorts, dit Arnaud. On devrait toujours s'entourer d'une haie de lauriers. Pas forcément des lauriers-roses, de simples lauriers suffisent, ceux des marinades, ceux d'ici.

Arnaud et Christian parlent du marché local. La maison secondaire est en train de gagner sur le logement. Les meilleures propriétés se transmettent par succession, les ventes sont rares. En revanche on a beaucoup de nanars sur les immeubles mal isolés qui ont flingué la côte dans les années 1970. Arnaud a été adjoint au maire à Clèves. Suite à un conflit sur lequel il ne s'étend pas (mais qui n'a pas été un jour en conflit avec Arnaud ?) il a tout quitté pour développer un don qu'il a : il est devenu conjureur. D'ailleurs il sort de ses poches, pour bénir la maison, une gousse d'ail, une étoile d'anis, un brin de camomille et du genévrier, ça chasse les démons. On lui fait visiter. Il approuve la distribution énergétique des pièces. Il n'y a qu'à la cave qu'il s'arrête : « Il y a du monde. » Il faudra planter un pied de lys devant la porte, ça apaise les âmes mortes. Quand Rose aura ouvert son cabinet, on pourrait imaginer entre eux une synergie, les cas d'envoûtements se multiplient dans la région, mais il n'est pas exorciste et les prêtres n'ont plus la foi. Son mari abonde, il l'a toujours dit, lui : elle néglige ce qu'elle a dans les mains.

Rose repense à Grichka. Elle n'a pas exactement envie de chasser les fantômes. Elle a, de nouveau, un peu envie de pleurer.

★

Le soir quand ils ont réussi à coucher Emma et Gabriel sur le même matelas dans la même chambre provisoire où ils se coucheront aussi, ils sortent. Les enfants semblent à peu près heureux. Gabriel passe sa vie dans son téléphone mais quand on l'engueule, il dit qu'il écrit. Emma, elle, n'est que soulagement d'avoir fui sa vie d'avant. Pourtant la panique a saisi leurs parents. Les nouvelles estimations de l'entrepreneur, les meubles en garde-meubles, la terrasse qui fuit et le pépiniériste qui a tous ses plants prêts mais qu'on est obligé de faire attendre, et l'électricité qui n'est même pas encore posée dans son cabinet. Ils ont décidé de reporter leur rêve de piscine et ce sursaut de raison économique leur a fait du bien tout en les déprimant. Ce sont des *PPR*, rit son mari, des putains de problèmes de riches. Mais riches ils ne le sont que de la vente parisienne, sur laquelle il leur reste un emprunt, et il semble à Rose qu'ils sont les derniers membres de la classe moyenne avant l'effondrement de leur monde.

Son mari titube mais l'air de la nuit le soulage. Il voit à nouveau la maison comme leur bel avenir. Une tranchée blanche ouvre le ciel. La Voie lactée en juillet sur le sud de la France : sans un nuage, sans un lampadaire, sans une voiture. Son mari lui montre le Sagittaire, Orion et la Lagune. Elle ressent une vague exaltation. C'est peut-être d'avoir siroté du rosé toute la journée. À Paris, sous le ciel opaque, elle ne voyait pas plus loin que la semaine prochaine. Il y a peut-être, là-haut, de la pensée, dit son mari. Il y a peut-être d'autres sentiments, d'autres façons d'être au monde. Il y a peut-être une solution. Ils marchent, côte à côte. Elle tire de longues bouffées d'air pur comme sur un joint. Elle repense à Grichka, encore, forcément. Et elle pense à Younès, voit-il les mêmes étoiles ?

Quand ils se sont rencontrés, son mari possédait un télescope. Il voulait être astronome. Il n'aura réussi qu'à faire un peu d'astrologie. La Voie lactée, lui explique-t-il pourtant ce soir, on la voit par le côté. C'est une grande spirale mais comme nous sommes tout au bord, nous la voyons en ruban. On n'est pas au centre ? demande Rose qui retrouve le ton candide

140

de ses questions de lycéenne, quand elle admirait ce grand jeune homme métaphysique. On est même très excentrés, lui explique son mari, on est sur une petite planète à la périphérie de la galaxie.

Rose (c'est peut-être le rosé) a une attaque de claustrophobie, là, sous les étoiles. La gravitation la serre au plus près de la croûte terrestre et elle se voit minuscule dans un minuscule village d'une minuscule planète tournant dans la banlieue du monde. Au moins les extraterrestres auront entendu parler de Paris : qui ne connaît pas le nom même de Paris ? Elle se suspend au bras de son mari, ça le surprend, ils manquent se casser la gueule tous les deux au milieu de la route, pourvu que les voisins ne regardent pas. Et il lui désigne leur maison du menton, la seule encore éclairée. « Regarde ce cube blanc posé au bout de ce chemin. Ce cube élémentaire, contingent, pratique, mis au point depuis longtemps, plus performant que les cavernes et les huttes, suffisamment étanche pour que le sommeil n'y soit pas un problème. Songe, lui dit son mari, que le sommeil nous plonge dans une vulnérabilité si grande qu'il faut s'en protéger le temps qu'il dure. Nous devons nous replier et répéter chaque nuit ce repli sans avoir à nous poser la question du où ni du comment. Question aussi récurrente que la faim. Le puissant vampire lui-même doit se réfugier dans sa crypte à chaque rotation de la Terre. Nous, les humains, avons besoin d'un lit et d'une porte qui ferme. Un domicile. Une adresse sur la planète. »

Est-ce le moment de lui parler de Younès, que va-t-elle faire avec Younès ? « Ne songe pas aux embarras de ce déménagement, insiste son mari. Songe que ce qui est étrange avec un lit et une porte qui ferme, c'est l'élémentarité du dispositif, sa banalité, alors même qu'il autorise ce qu'il y a de plus privé en nous, nos rêves, notre nudité, notre sexualité. Y être seul ou pas, endormi ou éveillé, cauchemarder, ruminer, s'évader peut-être – mais à l'abri. »

L'ivresse, parfois, rend son mari sublime. Elle lui parlera de Younès plus tard. Elle a la bizarre impression de lui cacher un amant. Leurs pas sur le chemin rendent un son cotonneux dans le lait de la nuit ; le silence est à peine troublé par la quatre-voies lointaine et le souffle des peupliers tout proches. Il fait tellement silencieux qu'à mesure qu'ils se rapprochent de ce cube où dorment leurs enfants, ils entendent le cliquetis de la source dans le vieux tuyau posé par le grand-père.

*

Il est midi au mois de septembre et elle boit son café, elle a les ongles noirs d'avoir désherbé. Il est midi et elle regarde le jardin par la grande baie vitrée. Elle va encore déballer des cartons, ça s'achève, elle sort du bazar de l'emménagement qu'on imagine, tout un été à visser des étagères, puis elle ira chercher Emma à l'école, dans cette nouvelle école où cette jeune vie repousse. Gabriel rentre en car scolaire, c'est nouveau pour un Parisien et rien n'indique que l'expérience l'enthousiasme.

Elle allume la radio. Ici c'est un silence dont elle ne se souvenait pas. Il ne se passe rien. Pas une voiture, pas un passant sur le chemin. Les plantes poussent. Les arbres augmentent leurs cercles de croissance. Le chêne commence à perdre ses glands. *Poc* sur la terrasse. Elle balaie. Un petit avion de tourisme survole le lotissement comme une libellule. *Vrrrrrr.* Il se dirige vers les Pyrénées, là-bas, dans la vapeur.

Son téléphone vibre et avant même de regarder, avant même de voir s'afficher le prénom Gabriel, elle sait que c'est Younès. Elle n'a toujours pas modifié le « contact ». Elle aurait envie de lui dire, de lui raconter, c'est bizarre : le déménagement, la campagne, ce grand changement de vie. Elle regarde vibrer le téléphone comme un gros insecte sur la table. La radio annonce des orages, une alerte sur tout le Sud-Ouest, il faudra fermer les volets.

Le silence reprend. Elle a laissé sa carte aux centres médicaux, aux kinés, aux infirmières, aux pharmacies; le généraliste du village l'a reçue gentiment; mais ici les gens sont modernes : ils cherchent du coaching, du développement personnel, de la diététique ou de la pleine conscience. Le matin il y a le passage du car scolaire et le chant des oiseaux et les voisins qui partent travailler; à 11 heures le facteur. Mais à 14 heures, on ne sait plus quoi faire de soi. C'est le bruit du vide. Un aller et retour à la mer prendrait trop de temps, Emma sort de classe à 16 h 30. Gabriel a beaucoup protesté cet été, qu'on n'allait pas assez à la plage, mais avec les travaux, l'installation du cabinet, la pleine saison immobilière pour son mari... Et maintenant c'est la rentrée. Les derniers cartons. Les coupes à champagne, les voici. C'est un carton d'objets fragiles. Elle contemple la masse de ces objets creux, brillants, volumineux. Elle aurait envie de fermer le carton et de sauter dessus à pieds joints. Mais elle les sort un par un, les essuie et les range dans les nouveaux placards, le grand vase en cristal qui contenait le bouquet blanc de leur mariage, et puis tous ces vases qui sont venus après, les cadeaux, les brocantes, les *impulsions d'achat*, et ces soupières de la grand-mère, et ces saucières, ces beurriers, ces petits pots à lait. Ils resteront dans le placard. On les trouvera après sa mort. On mettra ses cendres dans un nouveau vase acheté exprès.

Elle cherche le courage de descendre à la cave. L'autre jour elle a cru y entendre des murmures. Un crapaud dérangé lui a fait bondir le cœur. Et ce carton effroyable, plein de vêtements de bébé, ces petits pulls d'Emma et Gabriel qu'elle n'a jamais pu se résoudre à jeter ou donner…

Il fait soleil. Superbe temps d'arrière-saison, lumière d'un jaune poudreux et feuilles encore très vertes. Le vent du Sud détache le monde sur le fond plat du ciel. Le téléphone ne sonne jamais. Les Parisiens ont repris leur vie. Peut-être y a-t-il une rancune : elle a quitté le navire, la pollution, et même le logiciel Cervix. Avant de prendre sa voiture elle passe un chiffon sur le pare-brise, des gestes inconnus à Paris : le chiffon devient ocre. Sa grand-mère disait que c'était du sable du Sahara. Le paysage devenait exotique, nomade et brûlant. Elle avait des envies de départ. Mais le départ, ça y est – ils sont partis. C'est fait. Ils sont arrivés.

Elle prend du pain, du fromage et du vin au Vival, et calcule son temps de trajet sur le GPS pour passer au Hangar à légumes avant l'école. Incroyable ce que les primeurs ici sont bon marché. Elle décide de sortir du village par le côté de B. Nord. Elle roule, à bord de l'hybride familiale qu'ils ont achetée en leasing, deux voitures obligé, son mari a investi dans une petite électrique. Et là elle se rend compte qu'elle attend.

Bien sûr, elle a attendu toute la journée. Mais là, elle attend une sensation qui ne vient pas. Il y avait une forêt ici avant, juste après le Forgeron des Pyrénées. Mais voici un GIFI et un Husqvarna et un garage Renault, et un rond-point européen, et des panneaux publicitaires, et un autre rond-point et voilà le Hangar à légumes. Plus loin, c'est déjà B. Nord. Elle attendait les arbres mais ils n'y sont plus. Dans l'immédiat elle se gare devant le Hangar. Et là qui vois-je en train de décharger des cageots de prunes en promo, Raphaël Bidegarray. Un morceau détaché du passé, vivant, debout. Très grand. C'est qu'il a dû grandir depuis le lycée. « *Dia!* » s'exclame-t-il. Il ouvre les *a* en grand. « Une revenante. » Il pose le cageot, il se redresse, elle se tient droite. Sa peau bronzée ne porte plus aucune trace d'acné mais des rides qui lui vont bien. Il sort un paquet de Fortuna de son tablier et il lui en offre une. Il sent, c'est terrible, le même parfum bon marché qu'il mettait à l'époque, et elle pourrait, là, tout de suite, plonger dans son cou, son aisselle, sa poitrine, mais elle retient sa respiration pour rester dans l'immobile où rien n'advient, que ces bouffées de temps.

Le vent chaud les enveloppe et fait claquer les drisses du mât publicitaire. Raphaël allume habilement leurs cigarettes. Elle aspire une bouffée, c'est dégueulasse. Elle lui sourit. Il lui dit : «Tu es de retour alors.» Les *r* raclent comme quand ils étaient jeunes, cet accent qu'elle s'est efforcée de perdre et qui fait rire ses Parisiens d'enfants. Ils bavardent un moment. Et elle se dit qu'elle a bien fait. De quitter Clèves. De choisir Christian plutôt que Raphaël.

Au retour, elle se trompe et prend vers la maison au lieu de la quatre-voies vers l'école. Elle fait demi-tour sur un des innombrables ronds-points. Sauf que dans l'autre sens, c'est bouché. Qu'est-ce qui lui est passé par la tête, de lui donner son numéro de portable. Ils n'ont couché ensemble que quatre fois, et même pas complètement, à cette époque lointaine d'avant internet, avant que toute la planète se demande, rapport à Bill Clinton, si une pipe c'est coucher.

Cette punition d'un embouteillage un mardi en province à 16h10. Parce que vingt ans de vie, par une sorte de dérivation, sont apparus comme un autre possible ? Les portes du Hangar à légumes ne cessaient de s'ouvrir et fermer, ils étaient exactement dans le champ des photocellules. Et elle voyait, entre les deux portes, comme une voie bordée d'arbres, qui s'enroulait autour de Clèves en un rond-point spiralé dont le sommet, perdu dans une lumière blanche, évoquait au pire un énorme néon, au mieux un gigantesque orgasme, se dit-elle en passant la seconde puis en rétrogradant aussi sec, ça n'avance pas. Un tremblement de terre a eu lieu en Papouasie. Un opposant russe a été assassiné à Stockholm. L'hyperurbain est de plus en plus multimodal, la trottinette électrique est déjà dépassée. Elle passe de fréquence en fréquence, groupes de rock basque et radios espagnoles, elle ne trouve pas FIP. Elle arrive en retard à l'école, la directrice lui conseille de prendre à gauche au moulin de Xurumuxu et de remonter par l'arrière du Decathlon, à cette heure c'est le plus fluide. On attend la première ligne de tram-bus pour dans deux ans, mais il n'y aura qu'un seul arrêt à Clèves, tout au bout du village, et il faudra de toute façon prendre sa voiture pour y aller.

*

Le RER B a sauté, le compteur passe la barre des trois chiffres, plus de cent morts et ça monte, heure de pointe, kamikazes ou colis piégés pour l'instant on ne sait pas. Emma proteste, son chocolat est trop chaud, elle la rabroue pour écouter, et puis non, elle coupe la radio, que la petite n'entende pas. Son téléphone s'est greffé à sa main, Gabriel est courbé sur le sien, il est assez grand pour les noms lui aussi : les noms de ceux qui pouvaient être en cette fin d'après-midi sur le RER B entre Bourg-la-Reine et Antony. Le premier nom qui lui est venu, à elle, c'est celui de son mari. Il opérait souvent sur ce secteur très dynamique, classe moyenne en constant *turnover* – elle l'a appelé pour entendre sa voix, pour savoir qu'il est vivant, comme Emma et Gabriel, vivants. Il est à B. Sud sur une villa avec vue. Oui il a entendu les infos. Il lui dit : « Heureusement qu'on a déménagé. »

Non. Elle voudrait être là-bas. Elle voudrait être à Paris. Elle fait défiler le fil actu sur son téléphone. Elle pense au père de Bilal qui faisait un long trajet par le RER B et qui était toujours à l'heure. Elle essaie de se souvenir des adresses de chacun, de leur relation à cette ligne. Bien sûr ça frappera encore en province, pas à Clèves sur leur petit chemin mais en province à nouveau c'est certain, mais aujourd'hui c'est à nouveau Paris. Paris qui bat dans sa poitrine. Paris, qui a fait d'elle une Parisienne. Elle se résout à envoyer un texto au père de Bilal. Du coup elle demande aussi

149

des nouvelles de l'enfant. Paris aimée, aimante, blessée. Abandonnée, trahie : elle devrait être là-bas, à aider, à donner son sang, à proposer ses services dans une équipe de psys de combat. Maman, dit Emma. Mon chocolat il est trop chaud.

Elle passe ses joues brûlantes sous l'eau froide, à l'évier. La soirée se déroule comme une soirée d'attentat. Elle se sent loin, très loin au fond du golfe de Gascogne. Le lendemain se passe sur Facebook et une chaîne d'infos en continu, avec trois ou quatre images répétées, un train éventré, un corps sous une couverture dorée, des flics héroïques et une passante qui dit des choses sages; et sa propre paralysie. Elle range, nettoie sa fichue villa – il aurait fallu travailler, écouter, s'occuper des endeuillés, réparer ce qui peut l'être. À travers les arbres, qui ont beaucoup poussé, Rose aperçoit la maison des parents de Solange; enfants elles construisaient des barrages dans le ruisseau, plus grandes elles préféraient rester dans le bureau du père à taper des trucs sur le minitel. Et pour la première fois Rose, qui n'a de nostalgique que son prénom un peu désuet, se demande si ce n'était pas mieux avant.

★

Elle passe à la bibliothèque associative, à cette heure-ci il n'y a que quelques retraités et des femmes au foyer, et Nathalie la bénévole qui est une amie du lycée. Les habitants ont changé. Plus articulés, moins rustiques. Les vêtements, les voitures. Elle a un peu de mal à s'adapter. À s'intégrer, elle qui est née ici. Nathalie, par exemple, études de kiné à Bordeaux, retour au village, chic, mince, sportive, des voyages extraordinaires, Vietnam, Laos, Malaisie, et quelques heures d'animation culturelle pour nos anciens. Les anciens, chic et sportifs aussi, ont tendance à ne parler que des enjeux locaux, mais avec beaucoup de compassion pour les Parisiens : les attentats, le stress, le métro. Rose s'émerveille qu'on dise toujours *le village* alors que la bourgade fait bien ses 3 000 habitants et qu'il n'y a plus ni vaches ni maïs. Et elle renonce à expliquer que justement le métro lui manque. L'efficacité, la vitesse. Et l'extraordinaire mélange de la ville. « Où sont les noirs ? » a demandé Emma : est-ce qu'ils vont revenir, est-ce que le monde redeviendra normal. La baie vitrée laisse passer un soleil oblique sur les rayonnages. Rose a ce truc dans la poitrine, ce vide, presque une panique. Elle voudrait s'intéresser au projet associatif de Nathalie, elle voudrait enfoncer ses doigts dans la prise de Clèves et se sentir d'ici. Mais tout ce qu'elle retrouve, avec quelle force, venue de l'enfance, c'est le sentiment d'origine : il faut par-

151

tir. Il faut quitter le village et se laisser emporter par le monde. Loin d'ici.

Dans l'immédiat il faut aller chercher Emma à l'école. Il fait un temps de science-fiction. Un début d'hiver si chaud qu'on pourrait être en fin d'été, n'étaient les quelques feuilles rousses collées aux arbres, comme irradiés. Elle a trouvé un quart-temps au CMPP de C. Ouest, deux matinées qui se battent en duel à deux heures de route aller et retour. Il est 16 h 11, Gabriel téléphone, son visage poupin vibre sur le siège à côté, elle tend la main même si elle conduit, il a peut-être un souci avec le car scolaire ? C'est Younès.

Elle dit « oui, oui ». Comme elle le dirait à son fils. Patiemment. Elle voudrait jeter le téléphone par la fenêtre tellement elle est stupide, mais elle dit oui oui. Elle voudrait s'excuser pour la gare de Lyon, mais que lui dire et il ne lui laisse pas le temps, elle se gare pour mieux écouter, elle dit « attends », « attends ». Il parle vite, en roulant les *r*, elle avait oublié. C'est lui, lui dans l'urgence, un concentré de lui. Il lui parle et elle écoute, elle comprend mal mais c'est comme s'ils se connaissaient depuis longtemps, depuis la salle où il pleuvait, les corps des vivants sous les couvertures dorées, et les morts. Il lui parle de ses jambes. Il dit qu'il est tombé. Ensuite ça coupe, et quand ça sonne à nouveau c'est en vidéo, elle n'a pas l'habitude, il lui montre ses deux chevilles, terriblement enflées. Derrière lui sur l'écran il pleut, il est mal à l'abri d'une bâche, la parka de Gabriel est trempée. Elle demande où il est, où il est. Il dit un nom, très long, elle ne comprend pas, elle devine seulement « Calais? » Une silhouette se penche dans l'écran, un homme plus âgé qui redit le nom, un nom infernal, pire que Goyenetche, *Lastationtotldlazondustriel*, il répète, elle comprend, la Station Total de la zone industrielle. À Calais. Ils lui indiquent comment les trouver, elle fouille dans son sac pour du papier et un crayon parce qu'elle ne sait pas écrire sur son portable en même temps qu'elle téléphone. Les deux parlent en même temps maintenant, elle lève une main, stop, stop. Younès a fermé les yeux comme pour prendre du repos entre deux phrases et la douleur. Elle lui demande s'il est allé à l'hôpital. Younès. Il ouvre les yeux et il lui dit qu'il est fatigué, qu'il s'était cassé le bras avant, maintenant c'est les jambes, c'est pas bon. Elle comprend. Il tombe en morceaux, ce garçon. Il dit encore quelque chose, elle lui dit « ne bouge pas » comme s'il allait s'échapper, ça tourne à la manie. Elle arrive. Elle vient, elle arrive, elle vient le chercher, qu'il garde bien son téléphone.

Elle redémarre. Elle se souvient de respirer. Elle a l'impulsion de prendre la route tout de suite, mais elle va d'abord aller chercher Emma à l'école, faire à manger, prévenir son mari, annuler son unique patient du lendemain, et se mettre en route dès l'aube. Elle a une sorte de flash-back répétitif de l'instant qui vient de s'écouler. Elle voit et revoit le petit écran lumineux avec le visage de Younès et l'autre homme pluvieux et encadré; leur conversation à trois têtes : le tout dans l'espace de sa voiture. On est déjà bien enfoncés dans ce troisième millénaire qui la faisait rêver, enfant. Mais dans aucun rêve, aucun, elle ne parlait avec un garçon de l'âge de son fils, émigré du Niger, blessé dans un campement de fortune, sur un écran portatif qui ferait aussi téléphone, le tout dans une voiture hybride.

*

Elle a consulté la météo pour le Nord de la France, il fait quinze degrés de moins. Elle prend des pulls et son blouson chaud, et aussi de vieux vêtements de Gabriel, enfile le jean slim qu'elle appelait à Paris sa « battle dress », son jean de combat, celui qu'elle portait la nuit de la croisière – sauf qu'il a rétréci. Non. Enfer. Elle a grossi. C'est de ne plus jamais marcher. On est à la campagne mais toujours en bagnole – il faut absolument qu'elle maigrisse si elle veut remettre un jour les pieds à Paris.

Elle a cherché par satellite la Station Total de la zone industrielle de Calais, c'est deux ronds-points après l'autoroute au bout de l'avenue du Commandant-Cousteau. Elle a tapé le mot « Jungle », lu quelques articles. L'ancien plus grand bidonville d'Europe n'est plus, vu du ciel, qu'un rectangle jaune et vert : des landes bordées par un lotissement, une ferme, des usines, une gravière, un club équestre, une batterie antiaérienne allemande. La mer est là, les ferries sont là, l'entrée du Tunnel sous la Manche est là. L'Angleterre, elle dézoome, est là, incroyablement près. 34 kilomètres. On ne comprend qu'avec la géographie. Elle dézoome encore, la courbe de la Terre gonfle, son vert, son bleu, son blanc, nuages sur Gibraltar, son jaune, le Sahara, et là c'est le Niger. Le trajet Niamey-Calais fait une verticale parfaite : un trait de méridien. « 6 000 kilomètres, 87 heures en voiture », ça semble optimiste, ou « 974 heures à pied ». « Ce trajet inclut une traversée en ferry. Cet itinéraire comprend des péages. Cet itinéraire comprend des voies privées ou des zones à circulation restreinte. Cet itinéraire traverse plusieurs pays. *Your destination is in a different time zone.* » Le trajet à pied est esquissé d'oasis en oasis. Les pointillés se perdent. C'est rigolo. Non, ce n'est pas rigolo. Elle rezoome sur le bras de mer entre France et Angleterre. Elle identifie les postes de contrôle, à la chaleur humaine, au dioxyde de carbone, à miroirs sur et sous les camions. Les camions ressemblent à des Lego sur l'image. Avec l'application *Streetview* on voit lesdits migrants, floutés mais très reconnaissables le long des rues de la zone industrielle, anoraks à capuche, debout, assis, marchant, on voit aussi les flics. Le Pas-de-Calais, apprend-elle, se passait à pied au Néolithique. Le niveau de la mer était très bas. Elle lit sur Wikipédia qu'une terre émergée, qu'on a nommée bien plus tard le Doggerland, reliait l'Angleterre au continent. Des chalutiers ramènent du fond de la mer des ossements de grands mammifères terrestres, mammouths et lions des cavernes. Il y a une forêt engloutie au large du Norfolk. Elle imagine les arbres au fond de l'eau. Leurs troncs très anciens. Des voyageurs en scaphandres, chaussés de semelles de plomb et couronnés de bulles, marchent dans la forêt.

★

Son mari en était à la deuxième bouteille, il répétait le mot légalité. Il citait toutes les histoires, de ceux qui aident et qui sont peut-être des passeurs ou – il levait son verre en signe de paix – qui *passent* pour des passeurs. Faire traverser la France à un Nigérian sans papiers, elle a mesuré le risque? Un Nigérien, rectifiait-elle. *Rian* ou *rien*, elle comptait le faire voyager dans le coffre? Je ne passerai pas de frontière, plaidait-elle. Il faut faire les choses dans la légalité : elle entendait à force l'alégalité, elle voulait bien devenir alégale si ça pouvait aider Younès, et réparer, oui, son jeune corps en morceaux et le passé, tout ce qui s'est passé. Elle ne veut pas raconter à son mari la déroute de la gare de Lyon, ni les coups de fil sans réponse. Il finit la deuxième bouteille et parle de Gabriel et d'Emma, et on le mettrait à l'école? Tu vas traverser toute la France pour ce type? Elle va aimablement lui chercher sa troisième bouteille. Il s'endort d'un coup. Il faut qu'elle dorme aussi, pour la route demain.

La maison tourne autour d'elle, travaux finis. Tourne lentement, avec la masse plus noire des arbres, dans la nuit vide. Voir atterrir un vaisseau inconnu, dans des lueurs et des bruits étranges, ou dans un silence hautain, qu'importe, mais un événement... Elle regarde son mari assoupi, son insomnie masquée par l'alcool. À vingt ans elle n'aurait pas supporté. À trente ans non plus, à quarante ans elle voulait tout quitter, maintenant elle en a quarante-cinq et elle a quitté Paris et c'est sa vie.

Parfois elle le retrouve endormi sur les toilettes, elle finit de le déshabiller et elle le met au lit. Parfois il se réveille à demi et il se couche sur elle, et une sorte de contact minimal s'établit dans la nuit conjugale. Elle se laisse faire gentiment, et peut-être que lui aussi, c'est par gentillesse.

*

De Clèves à Calais elle prend la D112 à Viodos-Abense-de-Bas et quitte la D11 en direction de Rivière-Saas-et-Gourby. Au rond-point, elle continue tout droit sur la D33. Elle a choisi une voix d'homme pour la guider sur le GPS, il faut croire que ça la rassure. La route longe la rivière, passe Arrast-Larrebieu et Guinarthe-Parenties. Le paysage se déplace comme une carte pixélisée. Elle suit les indications étape par étape, de peur de se perdre si tôt si loin du but; aux ronds-points avant Dax on prend vers C. Ouest et enfin l'autoroute et sur l'autoroute ça va mieux. Le jour se lève. Elle peut régler la vitesse automatique et couper le GPS et jeter des coups d'œil au paysage et mettre Blondie. Ça lui rappelle un temps où les choses étaient simples. *Call me, I'll arrive, you can call me any day or night,* elle cogne le volant en rythme. Elle essaie de réfléchir à ce qu'elle fait.

Passé Onesse-Laharie toute la forêt est dévastée. C'est un grand champ d'arbres abattus. Un peu de bruyères et beaucoup de bois mort. Il paraît que la zone est envahie de scarabées mangeurs de cellulose, carrément nécrophages. Des enfants pins sont couchés par l'ouragan. La troisième tempête a achevé la destruction des deux premières. L'horizon est partout. Une impression de toundra. Plus loin, d'immenses champs de maïs, et ces grandes arroseuses squelettiques, on dirait des dinosaures aux anneaux déployés. Petite pluie. L'autoroute longeait un hôtel isolé, sorte de station thermale en forêt, mais avec des camions devant, peut-être un bordel. Côté essuie-glaces Rose hésitait entre la position lente et la position médiane, passait de l'une à l'autre, écoutait France Inter, levait le pied aux panneaux triangulaires avertissant pour les biches. Il y a donc encore des biches. On approchait de Bordeaux, à l'odeur : l'usine de pâte à papier fonctionnait, tout ce bois. Des clôtures venaient, de petites maisons basses apparaissaient dans des jardins. Et du linge étendu sous la pluie. Rose eut de la sympathie pour la femme (l'homme ?) qui avait laissé le linge sous l'averse. De la sympathie pour ceux qui fonctionnent bizarrement, qui obtempèrent mal au réel, et qui s'obstinent. Du nerf. L'esprit obstinément gaillard de France Inter la contaminait. Sa voiture hybride ferait le trajet d'un seul plein. Elle avait de l'eau et des biscuits au sarrasin.

Sur le pont d'Aquitaine elle eut l'impression de tomber dans le ciel. Le pont montait, montait... et la voiture glissait dans le gris. Elle s'arrêta sur une aire de repos après Beauvoir-sur-Niort. Elle appela son mari. Messagerie. Elle ferma les yeux et partit quelques minutes dans un monde où elle n'avait pas d'enfants. Sa fuite était très active et compliquée, ses plans sans cesse déjoués, ses projets bafoués, des embûches et des biches, et sur les talons quelque chose de si inquiétant qu'elle n'osait pas se retourner. Elle passait des niveaux comme dans un jeu vidéo où elle aurait été le personnage sans être le joueur. Les enfants se reformaient en un seul enfant, qui pesait très lourd dans ses bras et qu'elle n'avait pas pu nourrir depuis longtemps. Elle ralentissait, ralentissait, ne pouvait plus soulever ses pieds, le sol était mou et piégeux, chaque enjambement pesait des tonnes.

L'aire de repos revint dans ses yeux ouverts comme un lieu extraordinairement sûr. Elle avait dormi une bonne heure. Elle détacha sa ceinture, jeta dans le container de tri sélectif l'emballage cartonné des biscuits bio au sarrasin. La radio de l'autoroute était diffusée dans les toilettes. Pas d'incident, pas de ralentissement, la voie était libre.

★

Le régulateur de vitesse fixé sur 127 km/h exactement, GPS coupé, luminosité douce, asphalte sec, paysage de vignes, peu de camions qu'elle doublait en anticipant de loin, la voiture adoptant les mouvements fluides d'un rémora, glissières, ruban des lignes blanches – après Azay-le-Brûlé voici un panneau pour la ville de Soudan, c'est drôle, mais pas de panneau Niger ni Tchad ni Nigeria. Après Sainte-Catherine-de-Fierbois arrivait Montbazon. Plus tard elle arrivait à Tours et franchissait un pont sur la Loire. Les bancs de sable dans le fleuve faisaient des oasis à l'envers. L'idée fugace la traversa qu'elle ferait visiter les châteaux à Younès, non, il fallait d'abord le soigner. Elle comptait dans sa tête les fleuves qu'elle avait vus en vrai, l'Adour bien entendu, la Garonne (avec la Gironde, est-ce que ça fait trois ?), la Seine évidemment, le Rhône quand même, le Rhin elle ne croyait pas. La Tamise en voyage scolaire. Elle chercha d'autres souvenirs à classer et à compter. Son attention flanchait. Un lac d'ombre se creusait au bout de l'autoroute. Un mirage. Du nerf. Compter ses amants c'était rapide. Solange pouvait faire de longues listes d'amants, pas elle. Y a-t-il un fleuve à Los Angeles ? Quelle heure est-il à Los Angeles ? Elle avait vaguement envie de l'appeler, de lui raconter – quoi ? Qu'elle allait chercher un gamin dont elle ignorait tout, blessé sous une bâche à Calais ? Solange s'imaginerait une histoire d'amour, interraciale de surcroît, elle allait s'emballer, ou se figurerait une adoption romanesque façon Angelina Jolie. Où était l'embranchement ? Elle s'était embarquée vers Chartres-Paris au lieu de Le Mans-Rouen. Bah. Le kilométrage revenait au même. Malgré la fatigue elle se sentait au point. Le but était clair. Sa vie filait à côté d'elle, annexe. Elle refit une petite sieste en Beauce. L'autoroute fendait des champs labourés. Tout était grand, vide et plat, la capitale là-bas semblait aspirer le monde à elle, et voici sous le ciel familièrement rougeâtre les premières barres de la banlieue, et le centre absolu bientôt : Paris. La tour Eiffel et la tour Montparnasse et le Panthéon et la butte Montmartre, les quatre points cardinaux de sa géographie, étaient intacts. Paris existait donc sans elle. Paris était là. Il était 16 h 16 et ça roulait pas trop mal. Ne pas rentrer comme le cheval à l'écurie. Ne pas aller vers la maison. S'embarquer vers le Nord. Elle pénétra dans le tunnel. Une énorme affection, ça doit s'appeler la nostalgie, roula sur elle comme un autobus. Une affection pour la ville et pour elle-même dans la ville, cette osmose, oui, d'être petite et suradaptée dans la grande ville débonnaire, de savoir faire avec son petit corps dans le grand corps.

Et comme elle avançait de porte en porte, Vitry, Bercy, Vincennes, Montreuil, de seuil en seuil, elle quittait Paris sans fin. Elle se voyait là-bas, ici, chez elle, à la maison – les Parisiens disent maison pour leur appartement – descendant quatre à quatre car l'ascenseur ne venait pas, balançant le tri dans la poubelle jaune, sautant par-dessus le caniveau, saluant le vendeur sri-lankais installé à la sauvette depuis des années, traversant hors des clous pour courir vers le bus, lisant le journal sur son téléphone entre le caddie d'une ancêtre à cheveux mauves et la poussette d'une jeunesse en boubou, fonçant à la lente vitesse du bus vers ses patients, vers Grichka et Bilal et les autres. Mais elle était dans sa voiture immatriculée 64 et un morceau d'elle était resté ici. Eût-elle voulu rentrer, reprendre sa vie où elle l'avait laissée, des étrangers habitaient désormais l'appartement dont elle était le fantôme.

*

Le soir était tombé sur la zone industrielle de Calais. La Picardie s'était résumée au demi-disque sombre des essuie-glaces percé de phares. Elle se trompa de rond-point et suivit au GPS la longue rue Yervant-Toumaniantz puis retrouva une série de giratoires sur un paysage ni fait ni à faire d'où émergeaient des grues, des silos, des hangars, des camions, des fourgonnettes de flics, et des grilles : beaucoup de grilles très blanches sous des lampadaires très vifs. Soudain ce n'était plus la route, qui était éclairée, mais les abords, champs ou terrains vagues de l'autre côté des grilles. Elle ralentit, elle allait presque au pas. Le paysage devenait incompréhensible. Les grilles très blanches découpaient l'espace de tous les côtés, un rang, un autre rang, un troisième rang, un quatrième, comme si les grilles gardaient d'autres grilles, et ne servaient qu'à s'enfermer les unes les autres; plus ou moins hautes, ondulantes, droites, surmontées ou non de boucles de barbelés; dans la perspective ça formait une trame, des dessins, des motifs, des bouquets de fleurs tissées, la nouvelle dentelle de Calais.

Younès se détachait devant, extrêmement visible. Mais ce n'était pas lui. Il marchait. Il se tenait immobile, assis ou debout. Il s'abritait sous des passerelles en compagnie d'autres Younès. Il portait un anorak, capuche relevée, dos arrondi contre le froid. Il était jeune et mince. Il tapait dans un ballon sur un grand rond-point éclairé. Il dribblait, il shootait, il fumait de toute son haleine, il courait après le ballon, un camion freinait net devant Younès dans les phares.

Le signe lumineux Total, sorte de drapeau français en spirale, bleu, blanc, rouge – et aussi orange remarqua-t-elle, depuis quand orange, la station Total à la sortie du village était bleu blanc rouge autrefois comme le premier Carrefour qui s'y ouvrit – bref elle a rendez-vous sous l'enseigne Total. La station compte aussi une cafétéria La Croissanterie dont l'enseigne est une silhouette de pin-up portant un café fumant qui semble une extension de son bras. En blanc sur fond orange. La nuit est décidément éclairée. Elle se gare là, elle est la seule voiture. Elle envoie un texto : elle est arrivée. Après réflexion elle envoie un deuxième texto : elle est dans une Hybride immatriculée 64 avec un petit autocollant basque. Elle précise : vert, rouge et blanc. Elle envoie aussi un texto à son mari : tout va bien.

Elle est la seule voiture vu que tout le reste c'est fourgonnettes de flics et camions. Trois fourgonnettes : une garée en pleine lumière pas loin de sa voiture, est-ce que c'est un problème ? Et deux autres garées plus loin dans l'ombre. Les camions, une bonne cinquantaine, sont rangés en épis parallèles, toutes les places du parking sont prises et ils occupent aussi la plupart des rares places pour voitures. On ne voit aucun camionneur, c'est bizarre, peut-être allongés dans leur habitacle ? Quelques têtes à la Croissanterie. Les remorques des camions sont, pour certains, ouvertes : les portes béent à deux battants. Dedans c'est vide, géométrique, noir.

Rose guette, à travers les vitres, et aussi sur son téléphone. Le temps bat. L'image satellite sur laquelle elle zoome et dézoome est sans doute déjà obsolète car les grilles, fins traits blancs, y sont moins nombreuses que maintenant. Elles semblent naître d'un système de rhizomes qui prend racine dans le tunnel, là-bas, et se déploient en filaments jusqu'au port des ferries. Leur réseau se rejoint à la Station Total, ce qui n'a aucun sens sauf à se dire que, réellement, la Station Total est l'ultime point d'entrée vers l'Angleterre : la dernière zone ouverte, la dernière brèche, appelons ça un espace public, où les camions patientent avant la frontière. Et la mer est là, invisible, masquée par les dunes. La mer à traverser, la mer à boire. La petite Station Total de la zone industrielle de Calais est donc un des points le mieux gardés de la planète, comme si c'était elle qu'on voulait protéger d'une invasion.

Younès fumait sous l'auvent de la Croissanterie. Décidément pas Younès : plus trapu, à peine plus âgé, qui écrasait sa clope dans le cendrier à disposition et se dirigeait d'un pas vif vers les toilettes. Un gendarme qui en sortait, harnaché comme un Robocop, lui tint la porte ; puis rejoignit, d'un pas symétriquement vif, la fourgonnette bleu blanc rouge stationnée à quelques mètres.

Il se passa alors quelque chose d'incompréhensible. Un mouvement. Une glissade. Un groupe de silhouettes à capuches sortit de l'ombre, à environ trente mètres des flics. Sortit des fourrés en bordure de station. Se déplaça d'abord lentement, demeurant le plus longtemps possible dans sa matière d'ombre, puis s'en détacha comme du mercure et se mit à courir. Les flics se mirent à courir aussi. Les deux groupes se rejoignirent à l'arrière des camions. Pas un bruit. Des souffles. Des pas rapides. Des chocs métalliques. Le froissement des tissus. Les ombres cubiques des flics se distinguent nettement des ombres furtives. Impacts sourds, halètement, course, puis à nouveau le silence.

Qu'est-ce qu'il fichait, Younès, son Younès ?

Elle s'efforçait de voir, de percer la nuit comme les chats. De longs cônes d'ombres tombaient entre les réverbères. Entre les camions la nuit creusait aussi de profondes tranchées, parallèles et d'égale épaisseur. Ça faisait comme d'autres camions négatifs, bien alignés, la matière noire du transport terrestre.

Et ça recommençait. Vers le fond du parking des gens s'étaient massés à l'arrière d'un semi-remorque, et trafiquaient on ne sait quoi sur la porte – les camions aux portes béantes, c'était donc ça, un langage : essayez ailleurs, l'Angleterre j'en reviens, j'ai fini je suis vide je pars dans l'autre sens. Les ombres s'activaient sur une porte fermée, et les ombres caparaçonnées des flics déboulaient, course-poursuite, chat et souris, cow-boys et indiens, retour dans les fourrés. Les images qui venaient étaient puériles mais tout était puéril ici, sans la magie des jeux d'enfants. C'était pour de vrai que la frontière faisait clic clac, aveuglément, dans la nuit. C'était le son que rendait la frontière.

Derrière son pare-brise, Rose regardait. La Station Total palpitait dans ce paysage impossible comme une autre Station Spatiale Internationale. Elle en était l'ébauche ou le perfectionnement. Elle allait décoller. Quitter ce sol absurde. Ou se transformer en passage secret, en faille, en vortex tellurique, en s'enfonçant de plus en plus profondément dans la Terre ou le ciel.

Un petit groupe s'était remis en mouvement, et les flics les barraient. Le va-et-vient continuait. Elle regarda son téléphone. 19 h 19. Rien. Un message de son mari, « sois prudente, je t'aime ». Et s'il ne répondait pas, Younès ? S'il ne venait jamais ? Comment le trouverait-elle, dans ce bazar ? Elle irait dîner quelque part et se coucher. Elle était fatiguée. S'offrirait un hôtel et resterait un peu. Dans le Calais-ville, celui des Bourgeois. Visiterait le coin. Le musée de la Dentelle. Mangerait des huîtres face à cette mer qu'elle n'a jamais vue, la mer du Nord. Oublierait tout ça. Il y a des femmes qui disparaissent. C'est même fréquent, chez les femmes. Elles quittent tout sans un mot, du jour au lendemain, d'un trait de voiture et de livret A elles glissent dans une autre vie, dans des hôtels devant la mer.

Le flic de tout à l'heure, celui qui avait courtoisement tenu la porte, la fixait du regard. Que faire sinon le plein. Un alibi, en quelque sorte. Alors qu'il lui reste un bon quart de réservoir. Le regard du flic reste planté dans sa nuque. Ça pique. Faire le plein en deviendrait un acte de résistance. Elle mesure ses gestes, je mets la carte je fais mon code, c'est une hybride au sans-plomb, puis elle secoue le tuyau pour ne pas en perdre une goutte comme son mari lui a appris et comme les garçons font avec leur zizi. Elle songe soudain qu'elle est la seule femme ici avec la caissière de la Croissanterie.

Elle se remet au chaud de sa voiture, chaud tout est relatif, mais elle n'allait pas allumer le moteur, elle était déjà assez repérée comme ça. Une lumière dorée tombait sur le front pensif de la caissière. Blonde et flamande dans la vitrine. Encadrée par le comptoir et les présentoirs, penchée sur sa caisse, elle a l'allure concentrée, presque solennelle, de la laitière sur son pot à lait, de la dentellière sur son métier, de l'astronome sur son globe. Rose comprend que la caissière de la Croissanterie se tient à l'exact centre du monde. Sur la brèche. Au-dessus de la faille. La faille folle. Là d'où s'exfiltrent les prisonniers. Coûte que coûte, les habitants de la Terre empêchés d'habiter. Elle est à cet endroit précis où la planète forme un pli. Il ne s'agit pas tant de la mer ni des falaises que d'un point de ralentissement sur la croûte terrestre. On en repère plusieurs hors frontières naturelles ; mais Calais est devenu un signifiant, c'est le nom même de l'obstacle.

La clochette des textos : Younès ! « *On arrive* ☺ » Rose sourit aussi. Puis s'inquiéta. « On ». Elle n'embarquerait pas plusieurs personnes. Évidemment. On toqua au carreau. Elle sursauta. Pas Younès. Une cagoule masquait un visage, un flic lui faisait signe de baisser sa vitre. Heureusement qu'elle a pris sa carte d'identité, sa carte grise, ses papiers, tout, Rose est prévoyante. Le flic baissa sa cagoule pour lui parler. Il ressemblait à Thomas Pesquet. Qu'est-ce qu'elle faisait là. C'est vrai qu'avec un nom pareil, Goyenetche, elle se situait un peu loin de son biotope. Je fais l'essence. Elle retrouvait la grisante insolence de ses années d'adolescence. Rose Goyenetche a, depuis toujours, un problème avec l'autorité. Pendant que le flic étudie ses papiers elle voit des petits bouts de sa vie défiler alors que ça va, on est en démocratie, elle ne va pas être fusillée ni disparaître, le pire serait la garde à vue, et sous quel prétexte, hein ? On est dans une Station Total autant dire un espace public et aussi un des emblèmes de ce que le capitalisme a de plus légal et de plus achevé avec les paquebots de croisière.

Un autre type arrivait, saluait le flic, décidément quel passage dans cette station. Et disait Bonsoir Rose, puis, se tournant vers le flic : elle est avec nous. Ah ouais. Le type avait de longues dreadlocks blondes, il était d'une beauté saisissante, gueule tavelée de rocker du Nord, Rose en ressentit un choc dans la poitrine, une autre vie s'ouvre, un aperçu sur un avenir même bref dans les bras du rocker, v'là aut'chose. Et aussi autoritaire que le flic : il lui tendait par la fenêtre un sac en plastique Auchan, qu'elle mette ça. Les deux hommes s'accoudaient au toit de sa voiture. « On a un blessé » entendit-elle, avec le mot hôpital, et elle eut des images de trêve pendant une guerre. Elle enfila une chasuble du Secours Catholique, beaucoup trop grande, qui lui faisait de larges épaules et quasi une traîne. La voici auréolée d'une gloire nouvelle. Le flic la regardait goguenard. « Il n'y a pas de fracture » lui dit le type à dreadlocks comme à une infirmière diplômée, « on est sur deux entorses de degré 3, une avec déchirure des ligaments, l'autre avec arrachement ligamentaire complet et luxation tibio-talaire. J'ai les radios. On y va ».

« C'est pas tout à fait fini », dit le flic. Dans les fourrés recommençait le bruit de la frontière mais il ne s'intéressait qu'à elle, ou plutôt à sa voiture, dont il faisait le tour soigneusement. « Vous avez le capuchon du dispositif d'attelage ? » Du quoi ? « Du crochet remorque. Le capuchon est obligatoire. Le cache-boule. » Il écrivait sur un carnet à souche. Elle allait pour protester, la remorque ils s'en sont servis pour les allers et retours à Ikea, mais le type à dreadlocks serra les lèvres. « Contravention de troisième classe. Amende forfaitaire de 68 euros. Le code de la route précise qu'un véhicule doit être aménagé de manière à réduire autant que possible, en cas de collision, les risques d'accidents corporels. Allumez vos phares. Il manque cinq bons centimètres à dix mètres devant sur la déclivité. Contravention de troisième classe. Amende forfaitaire de 68 euros. Se présenter demain au commissariat de Calais, après contrôle technique, sinon vous vous exposez à une immobilisation de votre véhicule. Article R313-3 du code de la route. » « Je peux le faire dans un autre commissariat ? demanda

Rose. Vu que je dois d'abord m'occuper du blessé ? »
« Parce que vous comptez aller où, avec votre tas de
viande ? » demanda le flic.

Elle trouvait que c'était un drôle de nom pour
désigner une voiture tout à fait correcte, son Hybride
en leasing. Puis elle comprit qu'il parlait du blessé.
Qu'il parlait des migrants.

Le type à dreadlocks s'appelait Serge, un nom
aussi désuet que Rose. Elle le suivait sans savoir où.
Il marchait vite mais se tournait vers elle en souriant.
« Il ne veut que vous », Younès ne voulait qu'elle. Ça
la consolait un peu des 68 euros fois deux. « Il dit
que vous avez quelque chose qui soigne. » Ils sortaient du cercle des réverbères et il alluma une lampe
torche. Le grillage avait été découpé dans le sens de
la hauteur, on s'éloignait de la frontière pour entrer
nulle part, gadoue et gravier. Ils avançaient vers le
fond noir du ciel dans le triangle jaune de la torche.
Elle se retournait sur la Station Total, cet aquarium
de lumières colorées, comme sur un monde. C'était
bizarre, cette continuité. Les stations-service, comme
les aires d'autoroute, ne sont pas des pastilles isolées
sur des vecteurs à tant de km/h : elles sont dans le
pays. Serge se retournait sans cesse sur elle et exagé-
rait son sourire comme si son otage voulait lui échap-

per. Heureusement qu'elle avait vu des reportages sur les migrants pour savoir que ce n'était pas ça, l'histoire. Et puis ce type avec sa gueule d'ange cassé elle le suivrait au bout du monde – arrête.

Au bout du champ ils montaient un petit talus sous un bois, une vraie randonnée cette affaire, avec plus loin des terrils, non, d'énormes tas de graviers ou de matériaux de construction, et de plus en plus de trucs par terre, des sacs en plastique, des amas de tissus ou de quoi, des canettes, des emballages, et un caddie qu'on avait dû rouler ici par un temps moins boueux. Elle avait, d'un trait d'autoroute, mis en contact deux climats, il lui semblait garder encore un pied au chaud, au doux, à Clèves, et avancer vers je ne sais quoi de glacial et terreux à Calais.

Soudain on venait vers eux. Derrière le faisceau d'un téléphone il y avait deux hommes qui saluaient, bonsoir, bonsoir. D'autres silhouettes s'éclairant avec des téléphones dévalaient des monticules, ils dormaient là, sur des petites terrasses creusées dans le gravier, des naufragés dans les parois d'une face Nord. Ça doit être dur tout de même le gravier. Un homme plus âgé, avec un bonnet rouge, le commandant Cousteau tout craché, vint les saluer. « C'est la maman », disait-il à d'autres hommes derrière lui, bonjour, bonsoir, elle ne voyait pas les visages sauf dans les éclats de téléphone, elle voyait les yeux, les dents. Elle voyait mieux une grosse jeune Anglaise rose avec une chasuble *Care 4 Calais*, bonjour, hello. Un petit feu crépitait à l'orée des arbres, plusieurs personnes se levaient, il y eut des exclamations, des voix. Le commandant Cousteau, leur guide, fallait-il dire leur hôte, leur proposait de s'asseoir sur une palette. Ils vivaient dans les bois. Comme autrefois, se dit-elle. Les pensées lui venaient au hasard. Elle s'attendait à des tentes Quechua ou des cabanes de bois et de bâches et beaucoup de gros scotch, comme elle avait vu sur les photos de la fameuse Jungle. Mais il n'y avait rien. Juste deux couvertures de survie tendues sur des branches, à peine une idée de tente. Un thermos arriva, Cousteau lui tendit un gobelet, versa du café fumant. Elle voulait voir Younès mais il semblait qu'il faille d'abord boire le café, Serge aussi prenait un gobelet. Des mains lui présentèrent un sac en plastique plein de sucre, on s'empressa pour verser le sucre sans qu'elle s'embête, elle n'osa pas dire qu'elle le prenait sans, ils étaient quatre ou cinq autour d'elle et elle voulut dire qu'une cuillère c'était pas la peine mais si, une cuillère arrivait de nulle part. On parlait sans qu'elle comprenne, du français et plusieurs langues, elle dit merci. Où était Younès. Mais d'autres disaient c'est bien comme ça de venir. Que Dieu le tout-puissant vous couvre de paix, de longévité et de prospérité. La pluie nous a très abattus, expliquait le commandant Cousteau. Nous avons été déguerpis un grand nombre de fois. Un homme lui montra un sac de couchage maculé de quelque chose qu'elle n'identifiait pas mais qui piquait horriblement le nez. Des gaz. Ils avaient été gazés. Dès qu'ils plantaient une tente ou un début de tente on les décampait. On les saccageait aussi corporellement. L'homme montrait ses yeux rouges. Elle songea au flic qui avait tenu la porte dans ce geste si confiant, civilisé, universel : un homme tient la porte à un homme mais le gaze ensuite ? Ou bien, il y a deux sortes de flics ? Il y a deux sortes d'hommes ?

Elle comprenait qu'elle devait finir son café et accepter des Petit Lu Leader Price avant de voir enfin Younès, qu'on le lui remette.

Il y eut alors un grand mouvement, ils se poussèrent pour lui montrer le chemin, ils avaient tout préparé : Younès était là sous la tente bricolée, décidément ces couvertures de survie le poursuivaient, c'était son oriflamme. Il était allongé sur une sorte de lit, enfoui dans des masses de duvets. Il la vit et il détourna immédiatement le regard. « Younès, dis bonjour, c'est la maman », dit le commandant Cousteau. « Bonjour », dit Younès à mi-voix. Il avait maigri, la peau sur les os. Il lui manquait toujours des dents devant. Elle s'attendait à quoi, des bises, des effusions, que ses dents repoussent ? Qu'au moins il la regarde dans les yeux. Il était là, misérable et cassé. Une colère maternelle la prenait, un peu déplacée : elle le leur avait confié et ils le lui rendaient tout estropié. Un survivant d'une guerre qu'elle ne voulait pas qu'il fasse, et dont personne ne l'avait protégé. Les autres garçons autour avaient l'air d'attendre quelque chose. Elle n'allait quand même pas faire un discours. Il fallait le transporter.

Ils eurent un mouvement vers un caddie, ils semblaient avoir prévu le caddie pour le rouler jusqu'au parking, avec cette boue ? S'ils étaient doués comme ça pour passer en Angleterre, on n'avait pas fini. Une grande discussion avait lieu, avec sa dose d'énervement, ils avaient pourtant dû parler de tout ça avant, quoi faire, comment faire, les opinions semblaient contrastées, sa venue avait dû être discutée, pesée, rejetée, voulue, votée peut-être, à une majorité ric-rac. Cousteau dut percevoir son inquiétude car il lui reversa du café et faisait comme un écran entre elle et les autres. Une femme apparut et c'était la Nigériane. Ils étaient tous nigérians, crut-elle comprendre soudain. Cousteau, elle lui demanda : il dit « non, moi

je suis Cameroun. Ceux-là sont Érythrée, c'est pour
ça qu'ils sont si mal compréhensibles. » La Nigériane
vint lui prendre les deux mains, elle ne portait plus le
pull de Gabriel mais elle remerciait Dieu de l'avoir
amenée jusqu'ici, oui, elle Rose, qui comprenait un
mot sur trois, elle remerciait Dieu et elle pleurait,
au point que Rose ébranlée se demanda si le jeune
Younès n'avait pas eu une histoire, depuis le paquebot, depuis peut-être la barque et le désert et avant,
avec cette femme à très lourde poitrine dont il ne
s'était pas séparé jusqu'ici. Elle n'allait quand même
pas l'emmener elle aussi. Une autre femme se glissait dans la lumière. Elle, annonça le guide, elle est
Congo. Et elle c'était la Vierge qu'elle remerciait, que
Marie soit ton guide et te protège contre tout mal,
qu'Elle te couvre de Son manteau et que les anges
guerriers veillent sur toi pour que ta voiture ne heurte
pas la pierre. Toute l'armée céleste est avec toi pour ce
voyage. Ça faisait des images dans le cerveau fatigué
de Rose, la Vierge et une cohue d'anges vaporeux assis
dans l'Hybride en train de bidouiller le GPS. Il fallait
y aller. Quatre gaillards s'affairaient autour de Younès,
elle se dit quatre comme pour un cercueil, elle essayait
de chasser l'angoisse comme une énorme mouche.

Dehors, si l'on peut dire dehors quand on en est
séparé par une feuille de plastique, il se mit à pleu-

voir au point que, déjà qu'on ne s'entendait pas, *ra ta ta ta.* Cousteau déploya sur Rose une cape de pluie toute neuve, il insistait que c'est un cadeau, pendant ce temps on emballait aussi Younès. Ils étaient revêtus de rouge vif tous les deux, on n'allait pas les rater. « Et vous, vous venez d'où ? » demanda Cousteau soudain parfaitement urbain. « Moi je suis Pays basque. » « Cela se situe très au Sud, n'est-ce pas ? » « En bas à l'Ouest avant l'Espagne. » Younès grimaçait dès qu'on lui touchait les jambes. C'est le lit tout entier façon brancard qu'on fit sortir de la cabane, cette méthode avait prévalu, un lit qui était une porte d'où pendait encore une serrure. Les quatre brancardiers sortirent avec précaution du maigre cercle du feu et avancèrent sous le noir des arbres. Sur les jambes de Younès était apparue, comme par la magie d'un service de pointe, l'enveloppe blanche de ses radios estampillées des urgences de l'hôpital de Calais. Elle suivait la procession. Elle ne voyait plus Serge. C'est la vie. Cousteau se présentait : « je réponds du nom de Mbiapep Patience » lui disait-il, « je réponds du nom de Goyenetche Rose ». Elle s'adaptait. Une partie du campement suivait, le no man's land s'était peuplé. Certains portaient, accrochés à leur ceinture, les mêmes gants qu'elle avait vus à Younès gare de Lyon. Fatigue ou je ne sais quoi, Rose eut la sensation d'avoir déjà vu cette scène. La procession dans les flambeaux, le lit porté et le jeune homme souffrant, le cortège des figures sombres. Le tableau durait, elle trébucha, Patience la retint. « Ils vont tenter », lui dit-il. Tenter? « Ceux-là tentent toutes les nuits depuis bien des jours, c'est à leur exemple que Younès est lourdement tombé du camion. Mais grâce à ta venue tu nous réveilles l'esprit de joie et tu nous fais un support de motivation. »

Le groupe se scinda en deux, ceux qui tentaient, ceux qui dans l'immédiat portaient. Ceux qui tentaient longeaient le grillage en direction de la zone des camions, ceux qui portaient sortaient à découvert avec le lit et Younès dessus. Les flics regardaient posément. Patience expliqua que ceux qui tentaient allaient tenter autant de fois que nécessaire jusqu'à ce qu'un se faufile, la méthode du nombre, un seul sans détection caché au fond du camion, à passer ou mourir, d'asphyxie ou de peine.

Elle ouvrit l'Hybride à distance, *clonk*. Il y eut des commentaires sur la fiabilité, la consommation et le design de ces voitures. On discuta encore pour savoir s'il fallait installer Younès allongé à l'arrière, c'était l'avis dominant, mais elle le voulait à l'avant, attaché, assis à côté d'elle, et puis c'était sa voiture, ça commençait à bien faire. Elle lui cala les jambes avec un plaid. Elle se souvint qu'elle avait emporté, à tout hasard, des vêtements et des couvertures, elle distribua les sacs. Elle remit à Patience une paire de chaussures trop petites pour son mari. Il la remercia pour sa contribution, de nous remettre de grâce tout ceci, cette paire de chaussure restera un article marquant pour mon parcours, nous sommes tant dans la carence, une fois de plus merci, nous restons attachés. Elle lui serra la main, ne sachant s'il s'exprimait bizarrement de façon toute personnelle, s'il se foutait d'elle, ou si c'était comme ça dans son pays ; éberluée par toute l'affaire, par toute l'affaire depuis le début.

Dire au revoir dura. Puis elle les vit se diriger tranquillement vers la station-service, pour boire un truc chaud peut-être, ou passer aux toilettes. Ils venaient, après tout, en voisins. Younès semblait contempler déjà la route, impassible sur le siège passager. À la place du mort, songea-t-elle. Manquerait plus qu'on ait un accident. Pas beaucoup dormi, moi. Ils enlevèrent chacun leur cape de pluie, grand bazar de plastique mouillé. Elle démarra, les portes se fermaient à clef automatiquement, et elle se sentit chez elle enfin dans l'Hybride familiale, avec ce garçon qu'elle embarquait. Au revoir, au revoir de la main, tout le petit groupe lui répondait, et même le flic là-bas, au revoir, ironique.

Younès avait fermé les yeux. Elle roula un certain temps. Elle s'arrêta dès qu'elle se sentit sortir de la zone de la frontière.

Ses yeux se fermaient.

Au réveil, le jour pointait. Elle se sentait bizarre. Engoncée. La chasuble. Du Secours Catholique. Elle avait oublié de la rendre. Il faisait très froid. Younès dormait toujours. Son mari avait laissé cinq messages. La voiture sentait un truc spécial. Elle renifla la chasuble, renifla discrètement Younès : une forte odeur de fumée de bois, de bois brûlé mouillé. Elle avait toujours associé l'odeur du feu au confort du foyer – en fait c'était l'odeur de l'inquiétude et du dehors, l'odeur du campement. Elle la portait aussi sur elle.

Des camions allaient et venaient sur fond de gelée blanche. Elle acheta un sachet de croissants industriels à la supérette de l'aire, rapporta un café pour Younès avec double dose de sucre. Il était réveillé. Dans la voiture verrouillée, il avait l'air inquiet et il gémit en la voyant, c'est pénible. Puis elle comprit qu'il avait besoin d'aller aux toilettes. Le porter seule, entrer avec lui côté hommes, l'aider peut-être *dans* les toilettes, ça faisait beaucoup. Elle se garerait là-bas, tout au bout, le long des sempiternels grillages, là où les plantes folles poussent dans l'entre-deux des aires d'autoroute et de l'agriculture. Il arriverait bien à pisser par la portière. Elle s'éloigna de quelque pas. Le jour était complètement levé, on gelait, il lui tardait d'être au sud de tout ça.

De se recaler en position assise, le garçon, ça le fait gémir encore. Rose lui tend des lingettes, ils s'essuient tous les deux les mains et le visage. Des traces de suie restent sur ses tempes, un petit ramoneur. Ses pieds sont très gonflés à travers de malheureuses chaussettes. Rose se penche, ses longs cheveux (car Rose a les cheveux longs, il est temps de le mentionner) lui tombent sur le visage (on dirait Madeleine penchée sur le Christ, chasuble du Secours Catholique ou pas), elle lui prend les chevilles à deux mains, et Younès ne résiste pas, le fluide ou je ne sais quoi passe avec une force sans précédent, Younès soupire, et quand Rose se redresse tout le monde va beaucoup mieux, elle-même est comme rechargée à bloc.

*

Younès jouait sur le téléphone anciennement de Gabriel. Pas très amateur de paysages, alors qu'il traversait la France tout de même. Elle avait envie de lui désigner du doigt quelques points remarquables, ne serait-ce que des vaches. Il y a des vaches au Niger ? Elle lui proposait du chocolat. Lui avait donné du Doliprane. Ne faisait rien qu'elle n'aurait fait avec Gabriel (aurait-elle dérangé Gabriel pour des vaches ? mais pour la beauté de la Loire, oui). On avait dépassé Tours. Il demanda où on allait. On aurait pu commencer par là. Elle dit : « À Clèves. » C'est où. Elle s'arrêta sur l'aire de Sainte-Maure-de-Touraine. Ici on était loin de toute frontière, c'était la paix. Elle lui montra, sur son téléphone, la carte de France avec Clèves en bas à gauche. Younès zoomait et dézoomait. Elle sortit commander un hamburger à la Mie Câline, sans bacon, une salade pour elle et deux Coca, light pour elle. Midi, il faisait beau. Il n'y avait personne, un mardi matin hors du monde. L'aire de jeu récemment rincée par la pluie scintillait, colorée. Un petit vent tiède soufflait : le Sud. Elle avait besoin d'une douche. Lui aussi. Elle le regardait, digne et assis dans les reflets des vitres. Les arbres dessinaient des lettres sur son front.

Ils mangent tous les deux dans la voiture. Il veille à ne pas salir. « C'est pas bon », dit-il. Le hamburger ? Non, où on allait. Il était temps qu'il s'en inquiète. « C'est juste le temps que tu guérisses » dit Rose. De le préciser, ça la soulage aussi. Un ami a tenté par un port en Espagne, il ne se rappelle plus le nom. L'ami a raté tellement à Calais qu'il est descendu jusque-là en bas pour tenter, Younès montre un point sur la carte qui pourrait être Santander. On l'a vu revenir au campement, fatigué fatigué. On ne passe pas comme ça, non, on ne passe pas comme ça. Younès claque des doigts. Ils sont piqués de sortes d'étoiles. C'est les barbelés, explique-t-il. Ça perce les gants.

Il lui parle, mais sans la regarder. C'est pénible. Si Gabriel ne la regardait pas (mais Gabriel est son fils), si un ami de Gabriel ne la regardait pas dans les yeux, aurait-elle confiance? Elle lui dit : « Regarde-moi. » Elle montre ses yeux, les doigts en V. Il la regarde. Puis il baisse les yeux. C'est une phobie ou quoi. Il hausse les épaules. C'est religieux? Non. Mais elle est la maman, on ne regarde pas les aînés dans les yeux. Elle est rassurée. Si ce n'est que ça. Regarde-moi quand tu me parles. Et ne m'appelle pas la maman. Je m'appelle Rose Goyenetche. Et toi? Il s'appelle Younès Aboussa. Voilà.

*

IV

« *Tu dois changer ta vie.* »

(*Star Wars*)

Les provinciaux n'ont aucune excuse. Leurs maisons sont grandes. Younès est dans la chambre d'ami. Et sinon quoi, on aurait aménagé le garage, les combles, un lit et un chauffage d'appoint, zou. Ou on aurait mis Emma dans la chambre de Gabriel. Pas dans son cabinet de psy quand même, tout vient d'être installé, tout est prêt.

Rose déborde d'énergie. La chambre d'ami est au rez-de-chaussée, dotée d'une douche. Younès parvient à se déplacer sur des béquilles. Elle lui a acheté un lot de sous-vêtements, des tee-shirts, un jean, une brosse à dents neuve, son propre shampooing et son propre savon, et une nouvelle coque pour son téléphone-anciennement-de-Gabriel. His-

187

toire d'éviter que son fils ne reconnaisse l'engin et ne traite Younès de voleur. Le diable se tapit dans les détails. Rose est une femme organisée. Au cabinet médical du village, le généraliste, qui ne lui a toujours adressé aucun patient, a-t-il une dent contre les psys, a ausculté Younès et étudié les radios et il veut bien s'arranger avec la Sécu, on va dire que c'est Gabriel qui s'est bousillé les chevilles. Méthode repos-compression-élévation avec cryothérapie : Younès doit garder les deux pieds surélevés, les chevilles entourées de glace. Le mieux, dit le médecin, ce sont les sacs de petits pois congelés. On commencera les séances de kiné dès que la douleur sera supportable. Beaucoup de vitamines et de calcium, des fruits, du lait frais, des pâtes, du riz, de la viande. Il faut le retaper, ce garçon. Minimum six semaines, idéalement trois mois.

Du nerf. Elle se gare devant le Vival, laisse Younès dans la voiture. On n'a plus de lait, de yaourts, de papier hygiénique, d'oranges, de pâtes, rien. Elle part deux jours et c'est comme si la maison explosait. Tous les vêtements sont sortis des placards, les serviettes sont en boule, le sol de la cuisine colle, l'évier est bouché, toutes les lumières sont allumées. Elle prend des petits pois congelés, deux sacs, et aussi une mangue-avion très chère qui fera peut-être plaisir au garçon.

Elle échange quelques mots à la caisse avec Delphine. Delphine regarde Younès à travers la vitrine.

Il fait beau. Est-ce que cette année on aura des hirondelles, s'interroge Delphine en scannant le filet d'oranges, ne sors pas le lait du panier c'est bon je l'ai. C'est les pesticides. On n'entend jamais plus le cri des martinets, admet Rose, mais j'ai vu trois hérons gris en bas près de la Nive. Ils se gavent des dernières grenouilles, dit Delphine. Partout elles sont atteintes d'une terrible maladie de peau. Alors c'est le festin final pour les hérons, ces grenouilles à l'agonie. Et les papillons, tu te souviens des papillons? Ils volaient sur ces fleurs qu'on appelait des moulins. Quand on revenait de l'école à travers le champ communal (Delphine se tourne en direction du champ, maintenant un EHPAD) on étendait les mains et les papillons se posaient dessus, ils laissaient de la poudre, ma mère disait que c'était du poison. Ce n'était pas il y a cent ans, c'étaient les années 1980. C'est vrai, dit Rose, j'avais oublié tous ces papillons. Ils manquent et on ne se souvient pas, dit Delphine, c'est la disparition.

Delphine qui était mignonne autrefois est devenue énorme, probablement les antidépresseurs. Rose tend sa carte bleue. Delphine regarde Younès, Younès regarde ses radios. Il les a même collées sur la vitre pour mieux voir, comme a fait le médecin sur sa plaque lumineuse.

Rose sort chargée de ses courses et s'arrête là, sur le parking du Vival. L'opaque Younès est transparent. Sous la peau, dans la profondeur, il y a les os. Réels. Son squelette et la mort dedans. Qu'il contemple. Ou c'est la vie qu'il contemple, le merveilleux puzzle du pied humain. Le jeune Younès a encore beaucoup de pas devant lui, sur ses chevilles bientôt réparées.

Delphine se penche contre sa vitrine à en former un halo de buée, à se demander sans doute ce que Rose fabrique avec ce jeune noir qui ne sort pas de sa voiture. Delphine est mariée au fils Kudeshayan, dont le père a fondé l'épicerie, et elle a deux enfants métis, métis pakistanais, comment on dit, en tout cas c'est la seule famille comme ça ici. Alors si Delphine se pose des questions, après tout, se dit Rose, je ne sais pas lesquelles.

*

Toute la famille se met à manger des petits pois. Tous les jours deux sacs de petits pois dégèlent sur les chevilles de Younès, alors on s'adapte. Avec des carottes, des oignons, de la laitue, du poulet. Younès mange de bon appétit, ça fait plaisir à voir, on le requinque, on le remet d'aplomb. Rose sait faire ça : retaper, étayer, bricoler pour que ça tienne. Christian fait remarquer qu'on pourrait recongeler les mêmes petits pois jour après jour ; et on ne les mangerait pas. Mais même à usage non alimentaire, rompre ainsi la chaîne du froid est une idée qui perturbe Rose.

Younès à table ne dit rien. Peut-être que chez lui on interdit aux jeunes de parler à table. Mais il répond si on l'y invite. Il a un truc, qui la hérisse, c'est que s'il fait tomber un morceau par terre, il s'excuse, il le ramasse, il le mange, et il s'excuse encore. Elle lui dit de ne pas faire ça. Les enfants balaieront. Les enfants ce sont Gabriel et Emma, pas lui, ne serait-ce que parce qu'il ne peut pas marcher pour le moment. Emma le regarde inlassablement. Gabriel ne le regarde pas. Emma lui demande s'il faut prendre le train pour aller dans son pays. Rose explique à Emma où est le Niger, et se rend compte trop tard qu'elle n'a pas laissé Younès répondre. D'ailleurs ça ne se fait pas, de demander l'origine des gens. Moi ça m'intéresse, d'où vous êtes, dit son mari, parce que j'ai envie de savoir qui j'ai dans ma maison, de vous connaître vous et pas « les gens ». Younès semble un peu égaré et Rose met la main sur la main de son mari, nous sommes tous de la même planète. Pitié, murmure Gabriel. Pardon? Rien, dit Gabriel. Est-ce qu'il bouderait, Gabriel? En tout cas il reste à table, il se tient correctement, il sert de l'eau à tout le monde, et c'est comme si, par la grâce d'une présence étrangère, toute la famille se tenait bien, personne n'est débraillé, personne ne dit de gros mots, et cette magie s'installe pour durer.

Younès mange de tout sauf du porc avec une prédilection pour le riz et les lentilles; il regarde certains légumes avec inquiétude (le chou-fleur, les brocolis, heureusement pas les petits pois). La première mangue ayant eu du succès, Rose lui en rachète quand elle en trouve au Vival (elle n'est pas retournée au Hangar à légumes). Younès ouvre la mangue pour toute la famille et en extrait adroitement le noyau. Elle va pour lui montrer comment la découper en hérisson, mais il connaît. Chez lui les hérissons on dit *kunu*. Emma éclate de rire et Gabriel pouffe. Comment s'appelle la langue que tu parles, demande Rose pour faire diversion : le zarma, le quoi, c'est comme le songhaï, ah. Un souvenir plisse le visage de Younès. Ça lui rappelle la pluie des mangues. C'est une pluie qui arrive en pleine saison sèche. Vers le mois de mars, comme ça. Tout est couvert de poussière et un grand vent se lève et une grande pluie tombe. Ça ne dure que cinq minutes. Mais assez pour laver les mangues, et après, elles mûrissent. Et tout le monde dort très bien après cette pluie, c'est connu.

Elle aime la pluie des mangues qui est la première évocation qu'il donne de son pays, ou faut-il dire de son passé. Elle voit un paysage hésitant, mi-pluie mi-désert, une averse en rideau sur des manguiers, mais à quoi ressemble un manguier, elle voit deux grands chênes par la baie vitrée de son tout nouveau cabinet, au rez-de-chaussée de la maison, porte indépendante et déclaration à l'URSSAF, et le fleuve Niger qu'elle a suivi par satellite et qui s'étale comme un boa, un dos rond sous le Sahara. Ils se sont installés dans son cabinet pour boire un café. L'affiche de l'expo Mondrian au Centre Pompidou attend d'être fixée au mur, mais Rose hésite, est-ce trop parisien ? Par commodité elle a installé Younès sur le divan, les deux pieds surélevés par un coussin. Mais ce n'est pas du tout comme avec un patient. D'ailleurs Emma est là, pelotonnée au pied du divan. C'est plutôt l'amorce d'un récit. Il dit que oui, on peut nager dans le Niger. Le Niger offre un entraînement qui n'a cependant rien à voir avec une piscine ; mais pour perfectionner l'art natatoire, c'est suffisant. Est-ce qu'il y a des crocodiles ? À Niamey il n'en a jamais vu, mais des hippopotames souvent, ils sont très dangereux. Des hippopotames ! crie Emma. Il faut nager près des roches parce que les hippos ne les aiment pas, ça leur coupe la peau. Ils ont renversé un transport scolaire, une pirogue pleine d'enfants, tous noyés : vingt. Une pirogue ! crie Emma. Il y a, rarement, des lamantins, très gros, qui ne veulent aucun mal, on les mange. Tous les vendredis il nageait à la piscine de l'hôtel Terminus, avec son oncle. La plus belle piscine de Niamey. Les adultes viennent au bord boire des Conjonctures. Des quoi ? Une bière dont le prix fluctue selon. Rose rit avec Younès. Emma reste sérieuse. Rose essaie de visualiser, par sa baie vitrée, ces musulmans buvant des bières au bord d'une piscine d'hôtel.

Younès perd son accent. Il s'applique à sécher ses *r* en fond de gorge. Il imite les intonations de Gabriel. Elle l'emmène en voiture quand elle fait des courses ou chercher Emma, ça le sort. Ça l'habitue à l'Europe, même ; ça l'entraîne pour plus tard, se dit-elle. Elle ne se lasse pas de lui montrer, de lui expliquer. Son mari s'alarme mais il n'y a jamais de contrôle de police sur ces routes, sauf à l'époque où il y avait encore des terroristes basques. Et dans la voiture, c'est un moment où il parle. C'est même devenu leur activité préférée : être tous les deux dans la voiture dans la lente caravane des embouteillages, chacun le regard sur la route, c'est plus facile pour se parler. Elle aussi lui raconte des bouts de son enfance, on passe devant l'école qui est devenue la mairie, et le fronton où on joue toujours à la pelote. Il est allé dans une école privée tenue par un Iranien à Niamey. Son oncle lui payait. Mais à l'université il n'y avait aucun ordinateur en marche. Et après l'université, il n'y avait aucun travail. À la maison il n'y a pas d'électricité sauf le générateur. Il n'y a pas d'eau courante comme ici. Vous n'imaginez pas, dit Younès, factuel. Il ajuste l'air de la ventilation sur son visage. Son oncle avait une belle maison. Un oncle célèbre, un chanteur, un grand musicien nigérien. Et puis il est mort, et c'était pas bon.

C'était là, la décision du grand départ? Là, c'est sa tante qui a payé le voyage. Elle lui a fait promettre de ne pas prendre de bateau. Mais la Libye, c'était pas bon.

De la Libye clairement il ne veut pas parler. Il regarde le paysage d'ici, le paysage rassurant, se dit Rose, avec ses routes qui vont du supermarché à la poste, ses bordures paysagées, ses ronds-points européens, où les Libyens ne risquent pas de surgir, que Rose imagine comme elle peut, un mélange de cow-boys et d'Indiens, sur le paysage vert et vallonné de son enfance, incroyablement paisible, au sol épais, plein de ses racines.

★

Comment ça va ? lui demande sa mère, et comment va notre Younès ? Younès se repose dans sa chambre, très bien très bien. Rose a pour la première fois des petits patients ce mercredi, sa mère emmène Emma à la mer. Rose emballe son goûter, des biscuits sans gluten au soja. De tout temps, dit sa mère, l'être humain s'est nourri de blé et de lait. Une heure de route, ça inquiète Rose, et ce qu'elles vont manger, des quiches décongelées, les lardons exsudés par on ne sait quels pauvres porcs sous leur couenne. Et les bonbons ! Rose visualise ces produits d'une industrie cynique franchir les barrières immunitaires de sa fille comme d'invisibles aliens. Sa mère dit c'est terrible pour les attentats, et tout ça. C'est terrible, confirme Rose. Et toi qui héberges un musulman. Quel rapport ? demande Rose, elle fait signe de baisser la voix. Il n'est pas musulman peut-être ? Si on n'avait pas autant méprisé les Arabes, chuchote Rose, d'ailleurs il n'est même pas arabe, tu me fais dire n'importe quoi. C'est nous qui tenons les kalachs, peut-être ? Sa mère dit *kalach* comme si l'objet était devenu usuel, comme si elle avait combattu dans les services secrets dès qu'elle a pu mettre Rose à la maternelle. Ça y est, elles s'engueulent. La génération de sa mère a tout eu, la retraite, la Sécu, la contraception sans le sida, un intervalle entre deux guerres suffisamment long pour s'ébattre, des attentats petits, des loisirs à gogo, et maintenant la planète est salopée par leurs agapes. Elle lui a quand même payé une croisière! Rose s'interdit d'épiloguer sur ce capitalisme flottant, ces tonnes de caca à fond les ballons. Elle prépare un café de petit producteur en évoquant la météo, mais même la météo est un sujet brûlant, parce que le changement climatique, la mère de Rose reste sceptique.

*

Il pleut, alors les touristes visitent. Son mari est fatigué. Toute la journée de jeunes couples passent à l'agence, et aussi des retraités, des familles, des célibataires qui s'égouttent avec leur parapluie et leur chien et demandent à voir le T3, le studio avec vue, ou la villa à trois millions. Visiter est un passe-temps, une distraction locale. À Paris il n'y a que les mabouls pour faire ça, on les repère vite. L'autre maladie endémique c'est la surestimation délirante. Trente ans dans la même maison, les enfants sont partis, on se résout à vendre, on croit que la maison est chère au marché autant qu'à son cœur; ou on hérite de la mamie et on croit que l'arrière-pays vaut bonbon parce que la côte a flambé et on s'entête à surévaluer des gourbis qui restent cent sept ans à tourner sur le manège. Et qui on accuse ? L'agent immobilier.

Son mari se ressert à boire. Il y croit pourtant, à l'agence idéale, comme à un club de rencontres entre des lieux et des vies. Il rêve de monter la sienne, elle aurait pour logo le bernard-l'hermite, qui change de coquille en grandissant... Mais on lui demande de faire du 100 % en actionnant des acquéreurs. Son patron ici est pire que son patron là-bas. Aujourd'hui ils ont fait un exercice pour renouer avec la performance. Ils ont classé les clients : Don Quichotte ou Sancho Panza, l'aventure ou la sécurité. Il faut vendre à l'acheteur son achat comme on vend au vendeur sa vente. Comme on vend au patient sa thérapie ! Son mari vide son verre et il a un hoquet, rire ou sanglot elle ne sait pas. La PNL, la programmation neurolinguiste, il n'y coupe pas ici non plus. La manipulation par miroir. Votre client croise les jambes, croisez les jambes. Ton client te fait face, penche-toi vers lui. Il regarde vers la fenêtre, vends-lui du rêve ! Le but est qu'il te reconnaisse. C'est toi. Il t'a trouvé. Il va te *préférer* pour l'exclusivité. Rose visualise le bureau sans fenêtre de son mari – ah non, ça c'était à Paris. Ici il a quand même une fenêtre, un bureau correct dans le quartier de la gare. Certes on est encore loin de la vue sur la mer.

Ils boivent du whisky tous les deux sur la terrasse. Il fait chaud et humide, déjà. Younès, là-haut, dort peut-être, pendant que Gabriel écrit (il semble s'être mis carrément à un roman), pendant qu'Emma se gratte sûrement, son eczéma ne s'arrange pas, avec cette enfant il n'y a rien à faire, magie de la campagne ou pas ça empire, à croire que sur l'Acropole on l'a échangée pour sa version aggravée. C'est peut-être parce qu'on a déménagé, dit son mari. Ah non dit Rose, quand on a des regrets, on reste pour toujours au fond de son terrier.

*

Le cabinet de kinésithérapie de Nathalie est agréable, dans un petit immeuble près du fronton, mais la fontaine en forme de Bouddha qui glougloute est un peu attendue. Idem les affiches encadrées représentant des galets et des orchidées. Décidément elle préfère son Mondrian. Nathalie tend la main à Younès mais il ne la prend pas. Qu'est-ce qu'il nous fait? Il regarde Rose d'un air suppliant.

D'où il ressort, après un moment de confusion, dans le délicat parfum d'ambiance et la musique zen, d'où il ressort, après un moment d'embarras général, que Younès ne veut pas que Nathalie le touche.

Hein? Qu'il n'en a pas besoin. Et puis il ne la connaît pas. Comment ça, pas besoin et il ne la connaît pas, avec sa double entorse? Toi, dit Younès qui tutoie soudain Rose et s'adresse uniquement à elle, tu es la maman qui guérit. Rose secoue la tête, troublée, tout ça c'est un peu long à expliquer. Il n'y a pas à discuter dit Nathalie, c'est parce que je suis une femme? Il n'a pas du tout dit ça, dit Rose, j'aurais dû en parler avant avec lui, on peut parler quand même. Younès attend muet pendant que les deux femmes s'échauffent. Elles sortent sur le balcon du cabinet, Nathalie allume une cigarette, je ne comprends pas que tu acceptes ça, dit Nathalie, c'était toi la féministe au village, toi et ta mère – ne mélange pas tout, dit Rose, *justement* je ne mélange pas tout, dit Nathalie, il ne m'a même pas regardée dans les yeux. C'est un malentendu, dit Rose. Il y a des choses auxquelles on tient tout de même dans ce pays, dit Nathalie, le discours où *tout se vaut,* moi je ne suis pas psychologue. Comment ça tout se vaut et je ne suis pas psychologue, dit Rose, d'où tiens-tu que tout se vaut chez les psychologues? En tout cas laisse-moi te dire que ce n'est pas comme ça que tu vas t'attirer des clients, crache Nathalie. (Une projection typique : Rose a cru comprendre que les clients n'affluaient pas chez Nathalie.)

Bon, on va y aller. De toute façon, Nathalie, Rose ne l'a jamais tellement aimée. En aidant Younès à s'installer dans la voiture, elle s'énerve, la ceinture bloque, son téléphone sonne. C'est Nathalie. Quand on parle du loup. «Tu as oublié ses radios. Il faut que tu saches, Rose : ce type a vingt ou vingt-cinq ans à l'aise. Il n'a plus de cartilage de croissance depuis longtemps.»

Rose raccroche. Elle essaie de réfléchir, à quel autre kiné penser qui ne soit pas trop loin, et un homme peut-être? Elle regarde Younès, ce jeune adulte, cet étranger, qui la regarde à son tour droit dans les yeux.

*

Ce qui est bon, c'est d'être en bermuda presque toute l'année, une *pala* glissée dans le cabas en osier. Et les machos du cru n'ont pas peur de s'habiller en rose ou bleu pastel, un petit cachemire noué sur le polo Lacoste. C'est sympathique. C'est un pays où l'on respire. Les Goyenetche ont modifié leur garde-robe. Parfois un imperméable mais jamais d'anorak, sauf quand le pied des Pyrénées blanchit, un ou deux jours par an, et sauf Younès, toujours enfoui dans des lainages comme une vieille dame.

Deux bons mois, confirme le nouveau kiné, en polo rose, un cousin Villebaroin à B. Sud, qui veut bien marcher lui aussi avec la Sécu de Gabriel parce que c'est la première fois qu'il peut aider un migrant, ici on n'en a pas souvent, les Espagnols et les Portugais on compte plus pareil et même nous les Basques on a beaucoup migré, non? Le brave homme. Il faut faire la route trois fois par semaine pour la rééducation. Ça fait loin, non, depuis Clèves? Mais non mais non ça ne la gêne pas du tout. C'est auprès de Younès qu'elle doit insister, Younès, je te soigne d'accord mais il faut *aussi* le kiné. Deux bons mois qui permettent de voir, et qui nous mèneront quasi jusqu'à l'été.

Alors elle lui pose les deux mains sur les chevilles, ils sont tous les deux tranquilles dans son cabinet, elle sent pulser l'œdème sous ses paumes et ça chauffe, tout le monde se détend. De jour en jour ça diminue rapidement, mais c'est normal, non? avec le kiné et les petits pois? Younès remue les orteils avec satisfaction. Il tente quelques pas sur la terrasse en s'appuyant sur son bras. On a monté dans le jardin une piscine en kit tout à fait respectable où on peut faire trois brasses en long et deux en large. Younès, de bonne foi, se laisse installer au bord, à remuer les pieds dans l'eau ça fait beaucoup de bien, mais il grelotte, le soleil sudiste de Clèves n'y suffit pas, on est toujours au Nord de chez quelqu'un.

Elle commence à recevoir quelques patients. Ce sont surtout ses collègues de Paris qui les lui adressent. Ici elle ne connaît que les gens de son enfance, et apparemment ce n'est pas la meilleure recommandation. Elle sait aussi qu'on parle d'elle avec son migrant. Les patients partis, elle entend taper les béquilles jusque sur la terrasse et il s'assied là, à son poste préféré, devant la piscine et les Pyrénées. Écouteurs sur les oreilles, il secoue la tête voire les pieds en rythme. Il est comme un passager à l'escale. Elle aurait voulu prendre sa vie en main, faire pour lui sa demande d'asile, écrire son récit à l'OFPRA, elle s'est renseignée, elle a contacté l'antenne locale du Secours Catholique, et France Terre d'Asile, elle a potassé les droits des mineurs isolés, elle est super au point, les mesures osseuses ne disent rien, datent des années trente de sinistre mémoire, alors elle aurait aimé organiser son avenir mieux que par ses chevilles, l'aider à passer les frontières autrement. Mais tu m'aides, insiste-t-il. Sa jeune main est posée sur son épaule comme un oiseau. Il fait un pas, deux pas, trois pas, il se détache, il avance mains ouvertes en funambule, il est debout sur la Terre. Elle voudrait lui insuffler plus que le sens retrouvé de la marche. Elle voudrait lui transmettre le pouvoir de suivre les méridiens qu'il choisirait.

On ne dit plus la chambre d'ami mais la chambre de Younès. Il faut frapper à sa porte, elle a beau se raisonner qu'il a besoin d'intimité et qu'il est ici chez lui, il dit « entrez » comme un nabab et ça l'agace, il n'y a pas de nabab au Niger, un sultan ou un prince peul ou l'idée qu'elle s'en fait, elle ramasse la serviette par terre, elle lui donne du linge propre, elle lui ordonne de trier son linge et de le mettre lui-même dans la machine, non mais. Il se douche pendant des heures et laisse la salle de bains comme une mare, il peut passer la serpillière quand même, ce n'est pas contraire à sa dignité, oui, malgré ses chevilles. Enfin tout comme Gabriel.

Parfois elle le trouve à la buanderie qui regarde tourner la machine à laver. Ça l'émeut. Et il adore se faire chauffer du lait dans le micro-ondes. Il regarde les bulles se former et *ding*, il appuie sur stop juste avant que ça déborde. Sa chambre est peuplée d'affaires de Gabriel ou de Christian, il n'a presque rien à lui mais elle voit le vide qu'il laissera, ce sera difficile à croire, ce sera pour toujours la chambre de Younès.

Il lui montre sur internet des vidéos de son oncle Sani, il y en a deux en tout et pour tout. Une musique joyeuse mais des chanteurs graves, un batteur solennel, des cols pelle à tarte et une image grumeleuse, l'Afrique des indépendances, l'Afrique de l'avenir d'alors. L'oncle jeune lui ressemble, beau gosse, coiffé d'un calot brodé, dansant avec mélancolie, tout un style, imaginez Fela Kuti avec Ali Farka Touré faisant un pas vers Bob Marley. Elle se balance en écoutant, qui aurait cru que le Niger pouvait être si festif, enfin c'était il y a longtemps, au même moment à Clèves elle écoutait Supertramp.

À B. Sud après les séances de kiné elle l'emmène rituellement voir la mer. Souvent après les séances il boude, il dit que ça lui fait plus de mal que de bien. Elle se gare au parking du casino et il marche prudemment les cinquante mètres jusque chez Lopez. Il prend toujours vanille-chocolat et ne veut pas tester les parfums « rocambolesques », le mot plaît à Lopez qui lui met toujours une boule de plus ou une cigarette russe, biscuit que Younès découvre et qu'il s'amuse à fumer, rigolard, comme Emma faisait en croisière : avec ses dents en moins on dirait un enfant. Il s'éblouit de la force inquiétante des vagues, jamais il ne se baignera ici! Rose a un pincement au cœur, elle aimerait un jour le recevoir en touriste, légal et détendu. La première fois qu'il a vu la mer, c'était en Libye. Le goût l'a fort surpris, *ache dey*! Ce n'est pas salé comme l'eau de la marmite, c'est une grande réunion de poissons. Il plisse les yeux en mangeant sa glace. Il dit qu'il se forçait à *quitter les pieds* mais qu'il avait peur. Or il fallait s'entraîner. Il secoue la tête. Elle songe à la mer terriblement noire de la nuit pendant la croisière. Elle voudrait le guérir de ces souvenirs-là.

Le Niger est un pays magnifique. Le plus beau pays d'Afrique. Il faudra qu'elle vienne. C'est au Niger qu'on voit vraiment le Sahara. Mais la chaleur rend malade. Il fait facilement 45°, on sort du ventre de la maman à 37° et il faut encore monter en température. Ici il fait froid mais on respire. Ses mains rabattent avec grâce l'air de la mer sur son visage. Et puis au Niger, ajoute Younès avec lassitude, comme s'il fallait vraiment expliquer le pourquoi de sa situation, au Niger il n'y a *rien*.

Son téléphone bipe. *Tssiii tssii tssii.* Elle a appris à détester ce bruit d'insecte. La fin du moment de grâce. L'interruption du récit. Un autre espace absorbe le jeune homme et l'avale. Il répond. On lui répond. *Tssiii tssii tssii.* Souvent, quand il est seul, elle l'entend téléphoner. Est-ce que c'est la Nigériane ?

★

Depuis ce matin les oies sauvages passent sur le village. Elles reviennent du Maroc. Leur cri est très reconnaissable, une sorte de trompette enrouée, qui fait sortir Rose du lit. Elle est dans le jardin de son enfance, cou cassé à voler avec les oiseaux. Ensuite comme dans son enfance les coups de feu tuent l'harmonie, les triangles se défont, les oies affolées se cherchent, en voici une puis deux puis trois qui reforment une pointe et le triangle se redéploie comme un sillage, puis se heurte à un mur de coups de feu, et ça recommence, les chasseurs contre les oiseaux. Et toute la journée les oies vont peiner sur le village devenu infranchissable. Il faudrait appeler les flics mais les flics ici sont eux-mêmes chasseurs, et puis elle imagine le bazar, elle avec son migrant, les chasseurs avec leurs fusils.

Emma chante :

Cerf, cerf, ouvre-moi
Ou le chasseur me tuera
Lapin, lapin, entre et viens
Me serrer la main

Arnaud est venu boire un verre, il vient souvent, trop peut-être. Il a ce projet de s'associer avec elle. Il prétend que le seul contact de ses mains autrefois l'a rendu moins con. Elle lui adresse un regard sévère : arrête. Selon Arnaud, le temps n'existe pas dans le monde astral. La *paréidolie*, explique-t-il, voir des visages dans des formes, il semble que les habitants d'ici y soient particulièrement disposés. Le pays est humide et propice à la formation de moisissures et taches sombres : les morts reviennent à travers les murs, les gens voient les visages manquants.

En d'autres termes, dit Rose, les familles qui récusent les apports de la psychologie sont plus enclines à produire des individus prêts à témoigner de phénomènes surnaturels.

Voilà, dit Arnaud. Parfois la seule solution pour parler des morts, c'est de les voir.

Younès, assis plus loin sur la terrasse, lève le nez de son téléphone. Il doit les trouver folkloriques. Arnaud et lui se regardent de chaque pile du pont de leurs différences. À l'avenir, lui lance Arnaud, Rose fera des miracles. Younès sourit gentiment. En attendant, Arnaud s'occupe d'une famille du voisinage qui est assiégée par un fantôme. Rebouteux, voyantes, guérisseurs, magiciens, sorcières : les gens qui leur font confiance sont plus nombreux que ce qu'on avait dit à Rose à l'école, à l'hôpital, au travail; dans tous ces lieux où ça doit filer droit.

Les coups de feu reprennent autour de la maison, c'est la guerre aux animaux. Tous les trois baissent la tête quand une grêle de plombs entame l'albizzia. « Assassins! » gueule Arnaud. Il tend le poing vers les agresseurs invisibles. Adolescent, Arnaud s'est comporté comme un salaud, surtout avec Solange; mais la seule vraie division du monde passe peut-être entre ceux qui sont prêts à tuer, et les autres. Et puis, il se tient bien avec Younès. Ni condescendant ni indiscret, mais attentif, s'intéressant à comment on aurait soigné là-bas ses chevilles (« si tu as de l'argent, pareil qu'ici! » rit Younès), curieux des mouvements de mains opérés par Rose, de la technique qu'elle développe. « Au fond Younès est un peu ton cobaye. » Elle rit à son tour, gênée.

Younès déplace sa chaise dans la lumière. C'est le moment où le soleil va disparaître derrière les montagnes, et où on fermera les baies vitrées, peut-être on fera du feu. Ils sont vivants dans cette partie confortable du monde, dans des maisons bien aérées l'été et bien chauffées l'hiver.

★

Il a plu sur les mangues aujourd'hui à Niamey, sa mère lui a envoyé une vidéo. De grandes feuilles très vertes s'agitent avec frénésie, le sol rouge martelé semble rebondir, et ça c'est la cahute où s'est réfugié le gardien. Ils ont donc un gardien. Et sa mère sait envoyer des vidéos. Les poules aussi se sont mises à l'abri, indique Younès, ma mère garde beaucoup de poules et on a aussi des chèvres, ce qui est beaucoup fascinant pour le voisinage qui en a moins ou aucune. Rose rit : « On ne dit pas beaucoup fascinant, on dit très fascinant. » Younès nie qu'on dise « très fascinant ». Il a peut-être raison. « Elle te manque, ta mère ? » demande Rose, et Younès souffle : « Oui, je la manque beaucoup », et Rose se dit qu'elle lui remettra son français dans le droit chemin une autre fois.

Quand elle lui masse les chevilles, appelons ça masser, c'est plutôt ce qu'on appelle classiquement des impositions de main, Saint Louis s'y livrait déjà sous son chêne (à moins qu'elle ne confonde avec la justice), bref il faut laisser la main agir, chaude, souple, chargée. Parfois Younès s'endort. Parfois elle l'incite à parler de sa mère, un peu de guérison passe par là aussi, sa mère ne voulant pas entendre parler de lui partant, « pourquoi rêves-tu toujours de quitter ? » ; et l'arrêtant *avec la porte* mais il est passé quand même. D'un père il ne parle jamais. Il parle du gari que sa mère lui a donné pour le voyage, plus de gari qu'un éléphant ne pouvait en manger. Niamey-Agadès c'est le bus normal, le billet à 22 000 francs, on quitte le matin à 8 heures mais on arrive à 21 heures seulement, parce qu'après Abalak le goudron est très détérioré : on l'appelle la route « choisis ton trou ». Après Agadès c'était un Mercedes 32, à dix roues. Du sable seulement. Une place dans la cabine, très chère, payée par sa tante, les autres, quatre-vingt-cinq, s'arrimant sur un chargement de cigarettes et de kolas. La mer est affolante mais le désert est *risquant* aussi, surtout si le chauffeur est de ces amateurs qui perdent leurs voyageurs ; mais un passeur professionnel fait du business au tête par tête.

Rose est toute dans ses mains. Son souffle, son énergie, son silence y sont réfugiés. Elle découvre qu'elle écoute mieux ainsi, sa main connectée non à sa tête mais en quelque sorte à celle de Younès, la cheville devenant un simple point de contact. Au départ d'Agadès le chauffeur était toubou, puis on en a changé à l'arbre du Ténéré, puis encore à Dirkou, puis encore à Madama. On a déchargé les kolas qui sont des noix amères, très bonnes, qui tiennent éveillé. Chaque changement durait très longtemps. À Tourayet on s'est arrêté deux jours pour attendre des cigarettes. La réserve d'eau s'amenuise : j'avais un bidon de vingt litres, un bidon de dix litres et un autre plus petit. L'eau c'est quelque chose qui ne se donne pas, à ton frère tu la donnes sauf si tu n'en as presque plus, et tu ne dors pas pour qu'on ne te la vole pas. À Toumo, juste après la frontière avec la Libye, dans un pick-up Nordcruiser et on n'avait pas dormi, la peur de tomber du pick-up, on a été arrêté très longtemps dans un camp de militaires. Ils m'ont tapé, ils m'ont déchiré la photo de ma copine, et ils m'ont pris le grigri cousu par ma mère, pour eux c'était *haram*. Pourtant les prostituées nigérianes ils les laissaient passer.

Il avait donc une copine ? et la Nigériane alors, il l'a rencontrée là-bas ? Elle essaie de bien mémoriser : s'il raconte tout ça à l'OFPRA c'est sûr qu'il l'obtient, non, l'asile ? L'arbre du Ténéré, de loin il fait peur, on dirait un djinn. Autrefois c'était un acacia, c'était l'arbre le plus seul au monde, un conducteur libyen ivre l'a renversé. Maintenant c'est juste une antenne de fer avec comme une tête, debout au milieu du désert, c'est un souvenir d'arbre là où il n'y en a plus du tout.

*

L'eczéma d'Emma est devenu comme une partie d'elle, et malgré le bon air elle a le nez constamment bouché. La pédiatre (il faut aller jusqu'à B. Sud et il est quasi impossible de se garer) a ordonné une batterie de tests. En ouvrant le courrier Rose apprend que sa fille est allergique à l'albizzia, à l'armoise, au bouleau, au châtaignier, au chêne, au frêne, aux graminées, au houx, au laurier-rose, au lys, au noisetier, au palmier nain, au paturin, au saule. Il faut raser tout le jardin. Elle a une vision de la célèbre petite Vietnamienne courant nue sur un paysage brûlé au napalm.

Younès s'est proposé de la garder, Emma, après l'école. Ça permet à Rose de prendre plus de patients. Il lui fait même faire ses devoirs, et il lui apprend des mots dans sa langue, *ni kani baani*, comment ça va, *ay gono*, je suis là, *fofo*, salut. *Fofo, fofo!* La petite répète à tout va. Un soir où elle a travaillé tard, elle les trouve tous deux à regarder *E.T.*, ils se partagent un paquet de Prince sur le canapé. Je te zypnotise, dit Emma, et Younès tombe raide, il faut le secouer pour le réveiller, Emma exulte. Il n'y a que Gabriel pour rester enfermé dans sa chambre. On l'appelle, à table, à taaaaaaaable, on incite Younès à partager la conversation familiale, et Younès, comme E.T., ne parle que de partir. C'en est vexant. Londres ceci, Londres cela. Tant de promesses. God save the queen. Paraît-il qu'en Angleterre il n'y a de contrôle de papiers nulle part, et on trouve du boulot en traversant la rue. C'est pour améliorer son anglais qu'il regarde *E.T.* en V.O. Gabriel, lui, ne pense qu'à Paris. Elle se sent entou-

213

rée d'extraterrestres. L'an prochain Gabriel passera le bac et alors on verra, on verra quoi ? Elle se retient de comparer Gabriel et Younès, mais tout le monde entend ce qu'elle pense. Le patachon et l'aventurier. Le Prince et le Pauvre. Même si jamais au grand jamais elle ne voudrait du destin de Younès pour son fils.

Gabriel refuse une fois de trop qu'on lui pique un jean alors un samedi matin elle prend sur ses consultations pour emmener Younès au H&M de B. Nord, Younès qu'elle sort du lit comme l'adolescent qu'il est encore, à rater systématiquement sa prière du matin mais il a l'air de s'en arranger, il voudrait faire celle de midi mais là non, stop, on y va, zou au H&M tout de suite sinon embouteillages. La quatre-voies est déjà bien chargée. Au Decathlon il prend des chaussures montantes qui lui tiennent bien les chevilles, les bonnes chaussures pour *tenter*, Rose n'a pas besoin d'un dessin. Il lui dit qu'un passage assuré, c'est 10 000 euros : le tarif « ambassade », on part en voiture de Paris. Pour 8 000 on part de Calais avec plus de risques, mais si ça rate on retente autant de fois qu'il faut. 3 000 euros, on a droit à trois tentatives en camion. Le tarif le plus bas c'est 500 : le passeur garantit seulement l'ouverture du camion et sa fermeture avec le bon scellé. Entre les deux, on dirait un menu Starbucks : elle n'en revient pas de l'aspect multiservice du business du passage. Passer tout seul prend du temps, en moyenne six mois à Calais, et si on est grillé par les flics ou les passeurs il faut se déplacer vers Dunkerque ou la Belgique voire les Pays-Bas. Mais à Calais l'Angleterre *on la voit.*

Ils reprennent la quatre-voies. Ça y est ça bouchonne. Sa grand-mère habite à Arlit. Il faudra venir, dit Younès : on dit qu'Arlit est le *Deuxième Paris.* Un camion se rabat juste devant Rose, elle freine, elle a ce réflexe qu'elle a avec ses enfants, elle étend le bras, comme si elle était plus forte qu'une ceinture de sécurité, plus forte que la mort. Venez toute la famille, insiste Younès, l'avion est direct jusqu'à Niamey, Arlit c'est les plus belles dunes du Sahara, chez ma grand-mère vous pourrez rester autant de temps que vous voudrez. Les otages français sont restés trois ans, dit Rose. Il n'y a aucun danger avec ma grand-mère vous donnant l'hospitalité. Rose imagine une grand-mère nigérienne, elle l'imagine comme elle peut, mitouareg mi-Marguerite Duras, tenant tête seule aux djihadistes d'AQMI, tatouée de partout et dotée de super-pouvoirs. Et elle pense au super-pouvoir de son passeport, et à ce gamin qui l'invite et elle fait la fine bouche, alors que zou, d'un trait d'avion, d'un tampon de visa, elle serait là-bas en quelques heures

par-dessus nuages mer et désert et ça lui ferait tellement plaisir, au Younès, et elle irait voir sa mère sa
tante et sa grand-mère et elle serait accueillie comme
une reine, insiste-t-il, n'exagérons rien dit Rose. Enfin
ce n'est qu'un rêve de sable et de dunes, très exactement un mirage. Elle pense à leur unique voyage
en avion, à Los Angeles, Christian, Gabriel, Emma
et elle : Solange leur avait envoyé quatre billets Air
France pour la première d'un film dont Rose ne se
rappelle rien. Rose en avion, gavée d'anxiolytiques
et écrabouillant la main de son mari pendant douze
heures, ça lui avait gâché toute la suite, la vision des
corps écrabouillés de ses enfants dans des débris de
carlingue, tout le séjour californien teinté de la ter-
reur de devoir reprendre l'avion. Clèves-Paris en cinq
heures de train c'est très bien comme ça.

*

L'enfant, sept ans, est atteint d'un zona catas-
trophique. Les parents ont tout essayé, ils sont même
prêts à croire à l'hypothèse psychologique alors ils
viennent la voir, Mme Rose Goyenetche, ils n'aiment
pas les psys mais il paraît qu'elle est spéciale et son
nom d'ici donne confiance. Une douleur intense s'est
plantée dans l'enfant sur tout le tracé du zona. Les
vésicules ont laissé de fines morsures rouges tout au

long du diaphragme, le tour complet de son corps, et ça c'est pas bon, se dit Rose. C'est une douleur qui ne laisse plus place à la vie, une douleur incompréhensible, arbitraire, signe de rien, mère de folie. La mère est pâle et maigre, le père regarde ailleurs, la famille n'est plus unie que par la corde d'un présent insupportable. Le petit, dessiner n'y pensons pas, malaxer de la pâte à modeler hors de question, même tenir sur une chaise il souffre. À ce qu'on comprend de ses gémissements, sa douleur fait des chocs électriques, répétés, rapprochés, il ne peut faire le moindre mouvement sans être sa proie, son avenir au mieux c'est la catatonie. Le généraliste ne sait que lui prescrire du Doliprane, je rêve, pour une neuropathie chez l'enfant, le plus proche neurologue est à Bordeaux, rendez-vous dans six mois. Elle l'allonge doucement sur le divan. Elle a demandé aux parents de sortir. Elle lui fredonne une comptine en basque, celle sur l'oiseau qu'elle aimait et qui s'est envolé, elle invente les paroles qui lui manquent, elle libère son intuition comme aux beaux temps de Grichka et Bilal. Ta tête est lourde, murmure-t-elle pour se rassurer elle-même, tes épaules sont lourdes, tes bras sont lourds, tes coudes, tes poignets, ton torse et tout ton ventre. Le corps de l'enfant résiste, son visage va se tordre et Rose sent la douleur comme une bête accroupie, là, tout près, entre elle et le petit, prête à bondir et mordre mais Rose s'interpose. Il lui vient une posture façon chevalier Jedi, heureusement personne ne la regarde, sauf le petit. La bête recule. Elle refait une autre posture. Elle va au bout du mouvement, le regard du petit lui donne de la force. Elle danse. Le petit est au bord de sourire. Elle le prend dans ses bras. Il ne geint pas. Il s'accroche à elle, et elle fait ce geste si ancien : elle le porte. Elle le détache du sol. Le petit se fait lourd mais la crispation se relâche, elle avance de neuf pas dans la pièce, jusqu'au mur, elle tourne, cette pièce dessinée à l'instinct a exactement la bonne taille, elle fait neuf pas dans l'autre sens. Le fil vibrant qui le tenait au sol se rompt avec un claquement qui traverse le corps de Rose comme un fouet. Elle est sonnée. Tout est dénoué. Elle le pose par terre, debout, sur ses pieds. Il lève la tête. La douleur l'a quitté. La douleur est retournée se tapir avec les ombres, là où demeure la nuit.

*

La question, dit son mari, n'est pas combien de temps, mais combien de temps pouvons-nous l'accueillir bien? La question, rectifie-t-elle, c'est combien de temps il va accepter de rester. Sa cheville la plus abîmée n'a pas encore retrouvé sa souplesse, mais il marche désormais sans béquille. Il joue des heures à la Wii, c'est excellent pour l'équilibre et pour tous les petits muscles et tendons, le mollet sural, le jambier postérieur, l'articulation tibio-tarsienne et le faisceau antérieur qui se termine en avant de l'astragale, n'allez pas croire que Rose ne s'est pas mise à l'anatomie.

D'ailleurs elle va lui faire réparer les dents. Il n'y a pas de dentiste à Clèves mais le kiné de B. Sud, celui au polo rose, recommande un copain dans le quartier de la gare. C'est son mari qui l'emmènera vu que c'est tout près de l'agence, il faudra plusieurs rendez-vous, deux incisives et une canine, imaginez, des moulages sur pivot, un chantier assez conséquent. Younès veut bien. Encore un petit mois. Ça coûte un bras mais Rose reçoit de plus en plus de patients. Elle se sert de ses mains autant que de ses mots, et les patients se le passent, le mot. Avec son mari qui l'encourage et Arnaud qui insiste toujours pour s'associer, ça lui monterait presque à la tête, à Rose. C'est désormais avec une certaine insolence qu'elle salue le généraliste, elle fait des choses qu'il ne sait pas faire avec son stylo et ses ordonnances, du calme.

Younès apprend à faire du vélo. Le kiné l'a dit, le vélo rien de tel pour les chevilles. Younès n'accorde aucun crédit au kiné mais veut bien faire du vélo, pour continuer à se fortifier dit-il. Rose soupire face à cet aspirant Musclor qui veut *tenter* encore. Alors qu'il pourrait, à vélo, je ne sais pas, s'autonomiser, se rendre à la permanence juridique du Secours Catholique et commencer les démarches en préfecture et déposer son récit à l'OFPRA. Non? Younès observe d'abord le vélo comme une bête ennemie. Emma explose de rire quand il tente de grimper dessus avec une gaucherie qu'on ne lui connaissait pas. Rose se dit qu'après tout il est peut-être maladroit ce garçon, pas du tout apte à passer en Angleterre, sait-on exactement comment il est tombé de son camion? Elle a des visions de lui caché dans le coffre de l'Hybride, tassé sous une énième couverture, non non non, ce serait trop dangereux, trop d'histoires sur internet, trop de bonnes âmes, et elle ne met pas d'ironie à l'expression, de nobles citoyens qui finissent en prison à essayer de réunir les familles à travers la Manche, ce bras de mer devenu pour beaucoup comme le *no man's land* entre les deux Corées.

« C'est normal de défendre sa frontière », affirme Younès à qui on ne demandait rien. « C'est pour votre sécurité. Pas de sécurité, j'ai vu, moi : c'est pas bon. » De plus en plus souvent, il lui parle comme à une femme qui ne sait pas. Elle va lui rabattre son caquet : « C'est l'irrationnel qui dirige le monde. Toute la pauvreté au Sud, les papiers seulement pour les riches, l'entonnoir de Calais et le délire des grilles, la planète dévorée et le fascisme qui vient, et tu veux des flics pour maintenir cet ordre ? » « Je veux la même sécurité que tu as. »

« Mais tu as de la famille, à Londres ? » Elle commence à se dire que la Nigériane, elle, est *passée*, et que c'est elle qu'il veut rejoindre. Ça l'agace, et ça l'agace d'être agacée. Il ne répond pas. « Tu ne crois pas qu'il est un peu survendu, ton *magic kingdom* britannique ? » Younès concède d'un ton pensif que les Nigériens migrent peu, comme si ça expliquait quelque chose.

*

« On a déchargé la kola à Gatrone, une oasis tenue par les Toubous. À Sebha plus au Nord il y avait un aéroport. Je voulais aller à Tripoli : 900 km, la même distance que Niamey-Agadès. Mais je n'avais plus d'argent. À Sebha pendant des jours j'ai regardé décoller les avions. »

Rose vérifie que son téléphone enregistre bien. Elle ne lâche pas l'idée de lui rédiger son récit de vie, pour l'asile.

« J'ai logé dans une maison louée par des Zarmas et des Haoussas. Que des hommes. Ils faisaient commerce de nourriture et de cigarettes. Deux Tchadiens m'ont aidé, ils me donnaient des haricots au petit déjeuner. Je parle un peu haoussa, ils traduisaient pour eux vers le zaghawa et ils répondaient en anglais et retour vers l'haoussa.

J'ai décidé coûte que coûte de partir à Tripoli. J'étais le seul à être parti avec des valises, déjà sur le camion ça avait fait rire tout le monde. J'ai vendu mes habits. Les Tchadiens ça les a fait rire aussi. Mais ça ne suffisait toujours pas pour un billet d'avion. Ça a encore coûté 100 000 francs à ma tante pour que je passe en fraude à Tripoli. C'était un 4 × 4 Daewu. On m'a mis devant, entièrement voilé sauf un œil. Un ancien garde du corps de Kadhafi organisait ce trafic. Les Arabes ont *l'habituation* de passer le week-end en famille, comme les Blancs. On a mis des pagnes aux fenêtres, pour faire croire à d'autres femmes derrière. Je me suis coulé au maximum devant, j'avais déjà la grande taille. Il y avait trois postes de miliciens très dangereux avant Tripoli. Je priais. J'avais peur. Un poste. Deux postes. Ça passait dès qu'ils voyaient des femmes. Je faisais la vieille, je tremblais, je secouais la tête. Les quatre sur la banquette arrière poussaient parce qu'ils étaient trop serrés. Au troisième poste frontière, voilà que le coffre se met à taper. "Ouvrez, ouvrez!" Je croyais qu'on était six mais on était neuf : eux c'était des "arrivés-payés". À nous tous, on a glissé 1 600 dinars dans les papiers de la voiture. Un Coca pour donner l'idée c'est à peu près un dinar. Et c'est passé. Il nous a juste grondés un peu. Il nous trouvait complètement drôles. On lui a aussi offert du café et du haschich. "Tu ne m'as pas vu." Tout le monde dit cette phrase tout le temps. Il répétait : "Tu ne m'as pas vu."

On a logé à Tripoli dans le quartier de Soukjouma. J'ai été exempté de cotisation pour le loyer et pour le marché, c'était la fin du mois et aussi j'étais le plus jeune. Je suis allé au foyer des Zarmas pour chercher mon cousin Moussa. Il était comme moi du quartier Poudrière à Niamey. Mais j'ai appris : "Moussa est rentré." La description correspondait. J'étais découragé. J'ai bien vu un Moussa, Poudrière aussi, mais pas mon cousin Moussa. Alors je suis allé sous les ponts des échangeurs pour demander du travail. Un Arabe peut vous prendre pour nettoyer chez lui pour vingt ou trente dinars. On se comprend par gestes. Mais au bout d'une semaine, toujours pas de travail. On voyait des Arabes qui travaillaient, on n'en revenait pas, "Les peaux blanches travaillent?" C'est pas bon, ça voulait dire : pas de travail pour nous.

En fait c'était des Égyptiens. On a été soulagés. J'ai finalement trouvé à apporter du sable pour une maison en construction. Trente dinars. Enfin je gagnais. J'ai aussi fait *malga*, un peu de peinture. J'apprenais mes premiers mots d'arabe. Je suis allé à l'ambassade du Niger pour demander un poste de chauffeur, elle était encore ouverte, mais ils ne m'ont pas pris malgré qu'ils connaissaient mon oncle. On logeait dans des maisons pas finies. Il faisait très chaud. C'était l'été. Dans une de ces maisons, une bande rançonnante m'a fait croire à du travail et m'a capturé. Le Moussa qui n'était pas l'autre Moussa a payé pour moi. Mais ils m'avaient cassé le bras. C'était la merde. J'ai cherché des amis, je leur ai dit : "Je suis Poudrière", ils m'ont emmené à l'hôpital. Les médecins voulaient savoir si j'avais bu de l'alcool, ils me faisaient le geste de boire. Non, non. L'homme qui s'occupait des plâtres disait toujours *ghadaan*, demain. Une infirmière blanche, une Philippine, a supplié le docteur en lui prenant les deux mains, disant qu'un plâtre ça prend cinq minutes. J'avais pour quatre-vingt-cinq dinars d'ordonnance, et je n'avais que cinq dinars. J'avais aussi un choc à la tête. Je ne voulais pas dormir, l'infirmière m'avait bien dit : il ne faut pas dormir dans ces cas-là. Mon copain Moussa Poudrière m'a prêté dix dinars et pour quinze dinars on a acheté du Tramadol et des antibiotiques. Au bout de dix jours pour pouvoir travailler j'ai enlevé mon plâtre. Il n'est toujours pas bon ce bras. C'est ce faiblissement du bras qui m'a fait tomber du camion à Calais. Puis à la Baladia, à la mairie, j'ai trouvé du travail, je vidais les poubelles, je récupérais parfois des habits. J'avais de terribles migraines. Je prenais de l'Efferalgan mais l'effet ne me durait qu'une heure. Je restais couché. Je ne mangeais plus. Août et septembre sont passés. Je restais seul. L'ambassadeur du Niger m'a fait passer du Nifluril. En octobre j'ai pu retourner à la mairie. Puis j'ai été gardien dans la maison d'un Italien. Je gagnais deux cents dollars par mois. J'ai rencontré Harbi, un Algérien, qui mettait l'électricité dans la maison. Il me répétait : "Il faut pas voler, il faut pas mentir, il faut pas avoir confiance en personne", il répétait toujours ça. Puis j'ai gardé pour un Irakien, chez lui je mangeais bien. Puis j'ai trouvé du travail à Misrata, là où il y avait eu le massacre contre les noirs. Je peignais au graphite. En quarante jours j'ai gagné mille dinars, c'était bien. Puis j'ai trouvé à Khoms, avant c'était une station balnéaire. On faisait de la peinture sur des maisons du clan local. Mille nouvelles villas étaient restées inachevées, pour les Anglais, pour exploiter le pétrole. Le clan les avait toutes prises, ils n'arrivaient pas à les habiter toutes. Puis j'étais à Syrte, le dernier bastion de Kadhafi. Puis j'étais à Beni Ulid, là-bas il y a une importante tribu. C'est eux qui m'ont cassé les dents. Je n'arrivais plus à me sortir de Libye. Je crois que j'étais victime de mystique. La Libye c'était comme une glu autour de moi. Je rêvais d'un avion, de décoller, d'être un oiseau. On était en plein soleil derrière des grillages et ils nous brûlaient au fer à repasser pour qu'on paye. Même les enfants, même les petits. Le pire c'est les cris. Un homme est venu payer pour moi et il m'a dit que je partirais de Tripoli. Il disait qu'il s'appelait Moussa, encore un Moussa. Je suis parti avec lui dans le coffre de sa voiture, je me souviens juste qu'on allait très vite parce que j'avais à nouveau très mal à la tête. Ce Moussa, lui aussi, il répétait : "Tu ne m'as pas vu." Je finissais par le croire. Est-ce que j'ai vu tout ça ? Il m'a pris tout mon dernier argent. Et il a rançonné ma mère, il m'a obligé à donner le numéro. J'avais touché le fond. Sur la plage à Tripoli c'était la nuit et on était très nombreux. Tous noirs. Il y avait des petits feux autour desquels les gens étaient accroupis. Il faisait froid. Je me suis dit : c'est l'Antiquité. La mer, on a beau savoir nager, le séjour d'un arbre dans l'eau ne le transformera jamais en crocodile. Quand j'ai vu votre bateau, je croyais que j'étais mort. Il était si tellement grand et éclairé, il ressemblait à une fusée. Je me suis dit : soit c'est la mort, soit c'est la science-fiction. »

★

Elle a tout pris en notes mais il veut aller à Londres, courir l'avenir dans les rues où on ne vous demande pas vos papiers. Alors Rose travaille. Les patients affluent. Elle ne guérit pas les cancers, mais elle enlève quelques flammes à l'angoisse et même un peu du feu des chimiothérapies. Elle soulage Delphine de sa sciatique en une seule séance. Elle dynamise les fatigués, elle met au point les flous, elle mène aussi des cures classiques. Elle adapte ses tarifs aux gens, les riches paient pour les pauvres, quoi qu'il en soit elle est en train d'exploser son salaire de Paris. À raison d'une dizaine de séances par jour, même après les charges, est-ce qu'ils ne feraient pas creuser une piscine, une vraie, en béton coulé ? Entre deux patients elle demande des devis sur internet. Est-ce qu'elle ne pourrait pas le lui payer, son fichu passage en Angleterre. Dans l'immédiat, elle fait un don de trois cents, non, deux cent cinquante euros au Secours Catholique, défiscalisé à 66 %.

Arnaud a compris que ses efforts d'association seraient vains. Le tête-à-tête, c'est ce qu'elle sait faire. Le pur transfert. Elle ne prend pas de groupes, elle se méfie des transes collectives. Elle se contente d'essayer de soulager la souffrance. Il prétend qu'elle a peur des fantômes. Il considère son cabinet d'un air réprobateur. Il lui cite le feng shui : « Si l'aire des relations est trop étendue, l'énergie féminine tend à disparaître et les femmes à devenir dominantes, en contradiction avec leur nature et au détriment de la santé de tous. » Au village, enflent les médisances. Nathalie la kiné ne lui parle plus. Elle regrette parfois l'anonymat de Paris. Elle avait vu Clèves comme un refuge. Mais la grande perturbation qui agite le monde la secoue jusqu'ici. Entre deux patients, quand personne ne l'observe, elle fait trembler le niveau d'eau dans le verre, par la pensée.

*

Pendant ce temps Younès fait du vélo et c'est excellent pour ses chevilles. Rose court derrière en poussant la selle et zou, le voilà parti. Il est très grand et le vélo de Gabriel est petit alors ça fait un losange de bras et de jambes maigres. « *Dia*! Jiminy Cricket! » C'est Raphaël Bidegarray qui fait son footing en rentrant du Hangar à légumes, elle ne l'a jamais rappelé. Il saurait s'y prendre, lui, sur un dromadaire? Et tous les sportifs du village y vont de leurs encouragements comme au cirque. Mais Younès n'est plus un enfant, c'est juste un Nigérien sur un vélo. Elle court après lui comme elle n'a jamais couru après son fils quand on lui a ôté ses petites roues. La rivière étincelle, trois hirondelles font des taches noires dans ses yeux, et le vélo zigzague là-bas, de plus en plus fort. Elle se concentre, à en fermer les poings, tendue comme une sauteuse à la perche, sans voir aucune image, juste ressentir un équilibre, une droiture, glisser dans un étroit passage, et quand elle rouvre les yeux, Younès parfaitement heureux fait du vélo comme un champion.

*

Gabriel prend le car scolaire à 6h30 tous les matins. À 18h30, à son retour, il trouve Younès et sa petite sœur devant des dessins animés. Et quand il rentre le mercredi à 13 heures, Younès n'est pas encore levé. Ou il joue à la Wii, sa Wii, avec sa sœur. Gabriel s'enferme dans sa belle chambre feng shui. Boude-t-il? Écrit-il? S'ennuie-t-il? Est-il saisi de rage ou de mélancolie?

Younès partira, promet Rose. Il ne veut pas qu'on le scolarise à la rentrée. Il ne veut pas d'un petit job à la bibliothèque, pourtant elles me le prenaient sans papiers. Il ne veut rien, même pas l'asile. Alors c'est sûr il partira. Rose invite son fils à déjeuner à B. Sud en tête-à-tête. Dans la voiture, tous deux regardent la route. Elle voudrait, d'une imposition de mains, lisser les rides de son jeune front. Elle lui promet Paris pour ses études, on se débrouillera, il n'aura plus à supporter les *boloss* de province. Personne ne dit plus *boloss*, maman, même en province. Ils sourient tous les deux. Ils s'installent à la terrasse du restaurant, la mer est belle, c'est le mois de mai, les premiers touristes mangent des glaces chez Lopez. Gabriel a commencé à écrire un roman. Il est là, dans son téléphone. Le roman. Mais ce n'est pas du tout fini. « Tu écris un roman? » Gabriel regarde la mer. On sait comment c'est, un adolescent, il vous dit un petit bout des grandes choses qu'il a dans le cœur. Rose a envie de l'embrasser, son fils, son merveilleux fils, elle se contente de lui toucher la joue du bout du doigt et il se passe juste ça : une caresse.

★

Rose appelle Solange sur Skype : Gabriel est en train d'écrire un roman, avec tous les contacts qu'a Solange elle trouverait sûrement un éditeur, un producteur, un scénariste, que sais-je, elle connaît même George Clooney. Mais c'est de Younès que Solange veut parler : chevilles, passé, présent, avenir. C'est pour Younès qu'elle s'est prise de passion. Elle va lui envoyer des sous.

Ça finira dans la poche d'un passeur, objecte Rose. Mais bien sûr qu'il doit *passer*, ce jeune homme, gronde Solange, on ne va pas le laisser à nouveau se briser en morceaux.

Le « on » agace Rose, autant que l'usage désinvolte de « passer ». Il a toujours fallu que Solange, avec tout ce qu'elle a, prenne à Rose son peu à elle. C'est le soir à Beverly Hills et sa maison de Clèves, si jolie, si feng shui, lui semble misérable face à l'énorme baie vitrée sur les palmiers. Solange, avec sa façon de se mirer partout, s'identifie à Younès, d'ailleurs elle ose la comparaison : elle aussi est partie toute jeune, sans rien, les mains dans les poches. L'épopée de Solange, on en aura soupé. Parce que dans ses poches, hein ? il y avait un passeport, certes un visa de tourisme avec lequel elle s'est planquée en Amérique bien au-delà du délai légal, mais un passeport français, pas nigérien. Et une peau de blanche : on en parle, de sa peau de blanche ?

Ce que Solange ne lui prendra pas, c'est ce que Rose a dans les mains. Elle préfère lui taire à quel point son pouvoir semble avoir forci, ici ; mûri comme les mangues sous les pluies du désert.

L'argent d'accord. Solange l'a déjà dépannée plusieurs fois. Younès n'a pas de compte en banque, mais il a un numéro de téléphone, oui. Elle le lui donne à regret. Oui, c'est le même que celui de Gabriel. Que celui de Gabriel avant. Oui. Elle est obligée de raconter. La croisière. C'est vrai que tu es partie en croisière. Solange a exactement le même rire léger qu'elle a eu à la première mention de ce voyage, un rire affectueux, certes, mais si extraordinairement condescendant que Rose pourrait hurler de rage. Cette condescendance c'est comme une morsure, une décharge électrique – un Taser. Tu as volé le téléphone de ton fils pour le donner à Younès ? Solange hoquette maintenant de rire, là-bas sous les palmiers, et son petit corps svelte clignote gracieusement dans les lumières de la nuit cinématographique. J'avais besoin du mien pour des raisons *professionnelles*, rugit Rose. Solange pianote sur son propre téléphone, derrière l'écran de Skype et de Hollywood : deux mille dollars, qui devraient apparaître sur ton compte demain ma chérie. Tu les donneras toi-même de ma part à Younès. Rose n'ose pas dire que ce n'est pas assez.

*

Elle a fait les soldes à B. Nord avec Emma, une jolie journée entre filles. L'épiderme d'Emma ne supporte plus que le coton bio non traité, c'est difficile à trouver, mais on ne s'énerve pas, on y met le prix. Et cette petite a un air rêveur, malin, un peu sorcière, qui laisse espérer un avenir peut-être plus magique que prévu. Pour son anniversaire elle veut un iPhone, un vrai, comme tout le monde, même Younès il en a un. Avec une coque licorne. Maintenant elle veut manger au McDo. Au moins ça ne sera pas cher. Rose prend la salade et les quartiers de pomme pendant qu'Emma se bat avec un Big Mac. Ça ne va pas arranger son eczéma, mais la vue est si jolie, existe-t-il un autre McDo avec une aussi belle vue sur la mer? Elles déjeunent sur la terrasse et l'Adour plonge dans l'Atlantique, le fleuve est d'un gris de zinc sur le bleu laiteux de la mer, un paysage bicolore et liquide, l'eau douce qui entre dans l'eau salée. Emma rit des moineaux qui viennent chiper des miettes. À Paris, mon enfant, t'en souviens-tu? les moineaux disparaissaient. Les moineaux banals, petits, marron, l'oiseau parfaitement oiseau qu'on croyait là pour toujours, tchip tchip et les miettes de pain, les moineaux par volées sous les chaises des terrasses. Emma pépie en chipotant son burger. Elle n'a aucun savoir sur la disparition, malgré la sienne au Parthénon. Elle raconte qu'elle peut zypnotiser les zoiseaux. Et dans cinq minutes la digestion la tordra de douleur. L'illogisme, l'imprévoyance, la fabulation : les trois trésors de l'enfance.

Sur la route du retour Rose laisse sa fille barbouillée dans la voiture pour s'inscrire en vitesse au cours de Pilates le plus couru de la Côte. C'est à trois quarts d'heure de Clèves mais ça vaut la peine. Elle sort sa carte bleue et elle a un moment d'incrédulité, elle avait compris vingt euros le cours mais c'est vingt euros *par mois*, elle s'empresse de régler. Elle ira une fois par semaine. S'essouffler après Younès à vélo lui a fait comprendre qu'elle ne rajeunit pas.

On ne peut pas dire que les patients la fatiguent, ce n'est pas comme dans le manuel de magie que lui a prêté Arnaud : elle ne s'épuise pas à donner de son fluide, non. Mais elle accumule des tensions musculaires. Quand elle était strictement psychologue, sauf lors de séances plus physiques comme avec Bilal, elle restait assise, rêveuse, dans cette attention flottante qui évoque la veillée au coin du feu : les mots du patient crépitent, les phrases ont des lueurs bleutées, le temps se consume… mais qu'une bûche tombe, qu'un mot saute, qu'une phrase brûle d'un jet clair : vous êtes là. Il vous arrive de bondir. Vous soufflez parfois sur les braises. Mais ici, à Clèves, elle a accepté d'être directement au feu. Elle est penchée sur des corps, et ces corps parlent, ou pas.

Arnaud ne supporte pas que ses clients jacassent. Il a fixé au plafond une punaise rouge, et il leur demande de se concentrer dessus en silence pendant qu'il les *manipe*. Les groupes aussi sont censés contempler la punaise. La Sainte Punaise. Rose est sceptique. N'importe qui aujourd'hui critique Freud mais on laisse courir les praticiens sauvages. Et question efficacité clinique, Arnaud paraît si torturé qu'elle se demande s'il ne les propage pas, les démons.

Elle attend que Younès ait fini sa prière, sur le tapis au pied du divan. On peut dire qu'on aura mis toutes les chances de son côté. Puis elle l'allonge. Elle pose doucement ses doigts sur ses tempes. Le sang pulse. Elle lui murmure la préparation de base : ton corps est lourd. Lourd de la tête aux pieds, tes articulations sont lourdes, tous tes membres sont lourds. La pudeur de Younès est grande et Rose ne détaille guère, évoquant son corps comme une mince et forte entité, qui passera. Évoquant l'eau qui coule, le vent qui souffle, la mer qui enfle et se retire, la sève qui monte aux plantes et le temps sans retenue : ce qui va et vient, toutes choses qui filent. Ça la prend comme une chanson. C'est la chanson du passage. Son français chantonné se mêle aux échos de la prière en zarma qui flotte dans la pièce. Rideaux demi-tirés, paupières semi-closes, ils sont au bord du sommeil comme au bord de la mer. Younès, dit Rose à mi-voix. *Ay gono*, dit Younès. Elle déplace ses mains au-dessus de son ventre. La pudeur même devient comme un fluide entre eux. La chaleur circule, cuisses, genoux, chevilles, pieds, mains, tête, cœur, tout ce dont il aura besoin pour affronter la frontière. Prenons ça comme une préparation, un entraînement. Elle voit le passage comme deux lames de temps qui s'écartent. Elle voit deux feuilles d'air, elle est au confluent. Elle se souvient d'elle enfant dans la montagne à fougères au-dessus de Clèves, un pied en Espagne et l'autre en France elle essayait de *sentir* la frontière, sa déroutante irréalité. Elle était une enfant étonnée par l'invisible. Et l'enfance elle la sent dans les os de Younès, elle sent sa force, sa fragilité, et le viol de son imprévoyance, tout ce que Younès a dû apprendre si vite dans la main mouillée de la mort.

Elle laisse aller les images. Elle n'en arrête aucune. Une forme obscure vient vers elle, ces êtres qu'on dit passe-murailles, ces créatures insaisissables, qu'aucune maison ne peut retenir... Elle a vu des gravures dans le manuel de magie... Elle voudrait modifier la matière de Younès, le doter d'un ADN de chat, d'anguille, de lézard, d'hirondelle. Elle voudrait lui prêter les qualités des bêtes qui glissent, revêtir ses os d'un corps en mutation, lui greffer des ailes et une longue peau faufilante. La pièce est pleine d'ondes, de chuchotements, de grattements, de petits cris. Le rideau se soulève et retombe, la maison souffle, les murs écument. L'air ressemble à l'eau et l'eau ressemble au sable, eux sont deux oiseaux, deux poissons, bientôt deux serpents.

Maintenant, dit Rose. Ce mot reste, il ne file pas. Elle attrape les mains de Younès, fait glisser ses bras sur ses épaules. *Han.* Elle le soulève, de toute la force de ses jambes et de son ventre. Il suit le mouvement. Il s'allège. Il s'abandonne et participe. Elle le porte. Elle le porte sur son dos. Elle le détache du sol. Ça fait *clac.* Tous deux se mettent à flotter.

*

Ils prennent un café après la séance, très sucré toujours pour lui, avec des Palmito. Si Younès a désormais des ailes, ou un corps d'une substance modifiée, ça ne se voit pas. Et Rose n'est pas fatiguée, elle se sent carrément d'attaque. Elle lui parle de Gabriel, de ses projets d'études à Paris, des romans qu'il écrit. « Il écrit parce qu'il est à l'abri », dit Younès sentencieusement. « Il écrit parce qu'il a du talent », proteste Rose. Younès fait chuinter sa salive : « Je mange, donc j'écris. » « Oh, tu m'emmerdes » dit Rose en débarrassant les tasses et les Palmito.

*

Elle prend la voiture pour son cours de Pilates. La salle est gigantesque, dans un hangar de la zone aéroportuaire. Il est 11 heures, l'avion de Paris vire sur la mer, vacarme des réacteurs. Ils s'exercent à ce qu'à Paris on appelle le *downward dog*, ici tout bêtement « le chien ». Puis ils se relèvent vertèbre par vertèbre, chacun à son rythme, tu souffles dans la montée et tu écartes douuucement les bras, imagine ta tête suspendue par un fil au plafond, tu gardes les mains dans ton champ de vision et tu t'étires au niveau de l'attache du soutien-gorge, en dessous des omoplates pour les garçons, attention je ne VEUX PAS d'apnée. C'est la même routine qu'à Paris avec un accent différent. Devant elle, quantité de fessiers relèvent quantité de vertèbres sous des tee-shirts variés, rugby ou *64* ou *Quiksilver* ou *Petrol Hahn force et santé de vos cheveux* ou *Atlantic Multiservices Lassaga père et fils peinture en bâtiment*. Elle arrive toujours légèrement en retard, les embouteillages ont bon dos, c'est qu'elle préfère ne pas avoir à bavarder avec Lætitia, toujours chic et mince, quatre enfants et le ventre plat (Gorka, Haize, Itsas et Oihan : moins on est d'ici, plus on fait dans le basque) ; préfère éviter aussi la directrice de l'école, car que faire décidément, on se déplace de huit cents kilomètres, on change de climat météorologique et social, tout ça pour qu'Emma sorte de classe avec une mèche coupée ras aux ciseaux par Itsas précisément, sept ans, meneuse d'un groupe de petites chieuses qui se moquent de son accent, mais on ne va pas la mettre à Montessori tout de même, ou chez les bonnes sœurs, à trente bornes? À Niamey avec un plateau sur la tête elle vendrait des cigarettes à l'unité dans la rue et on n'en parlerait plus. Mais ce n'est pas ça, ce n'est pas l'accent, ce n'est pas d'être la nouvelle, c'est plutôt comment dire cette étrangeté qui est la sienne – la directrice recule car les yeux de notre chère psychologue lancent du feu – c'est juste que votre fille fait un tout petit peu peur aux enfants, ils disent qu'elle les zypnotise, des parents se plaindraient de maux curieux chez leurs rejetons. On rêve. Il n'y a que Younès pour réussir à distraire Emma. Ils jouent au Monopoly pendant des heures : il faut les voir, sept ans et vingt kilos de démangeaisons, vingt ans et soixante kilos d'envie de partir, s'échanger la rue de la Paix contre un hôtel à Vaugirard, chacun à leur façon assez mal barrés dans l'existence.

Du nerf. Respiration. Tes lombaires aspirent ton nombril, ta nuque est souple. Le soleil se déverse dans une odeur de kérosène. Il fait bon. 11 h 20 c'est l'avion de Stockholm, qui ne vole que de mai à septembre. Midi, c'est l'avion pour Madrid. Un peu plus tard il y aura celui de Lyon, et ça tourne comme une petite horloge, quatre ou cinq destinations depuis ce fond de Golfe de Gascogne. Quand on pense à Orly, à Roissy. Certes, elle ne prend jamais l'avion. Mais bon. C'est le principe. La *possibilité* du départ. Elle a une légère attaque de claustrophobie en retournant vers son village, attention, pas d'apnée.

★

Il s'est assis jambes croisées sur le tapis, comme il aime maintenant qu'il a retrouvé la souplesse de ses chevilles. Elle est dans son fauteuil à cliquer sur internet. Ils répètent leur plan de bataille. Clèves-Calais : gare de B. Nord puis changement à Paris-Nord pour Calais-Ville, éviter les flics, billets en règle payés par Rose, se rendre tout de suite à la Station Total, éviter les passeurs. Elle lui a fait promettre de ne pas prendre l'Eurostar – ce n'est pas la bonne expression, de ne pas *tenter* l'Eurostar. « Tu parles comme ma mère, dit Younès en souriant, elle c'était la barque, toi le train. Les grilles sont trop hautes, c'est trop *risquant* maintenant, même depuis le pont plus personne ne saute. » Il parle de Calais en stratège, comme d'un terrain de manœuvre exploré, arpenté, percé, une zone évaluée sous l'angle de ses failles, un pays à quitter. « Le tunnel, dit Younès, c'est la gueule du loup. Tu as vu *Star Wars* ? Il y a une bête dans la dune, un très énorme ver. On voit seulement sa bouche. Un grand trou plein de dents qui s'ouvre au ras du sable. C'est à quoi me fait penser le tunnel. À un autre moment dans *Star Wars*, il y a un bar de l'espace, avec des monstres de l'espace. Il y a le Jedi, il cherche un méchant, et il y a un garçon qui vend de la drogue. Le garçon est comme un moustique, il revient tout le temps avec sa mauvaise manière et il empêche le Jedi de chercher le méchant. Enfin il n'est guère *empêchant* car rien n'empêche le Jedi, qui est fort comme un Saladin, mais le garçon est là comme une mouche alors le Jedi lui passe la main devant les yeux, sans même le regarder, comme ça, il passe sa main comme ça devant ses yeux et il lui dit : "Tu dois changer ta vie." »

« C'est un vers de Rilke » dit Rose très émue. Elle a fait allemand première langue, pas espagnol comme le reste du village, ses parents trouvaient ça mieux pour l'orientation, pas celle dans l'espace, celle pour la classe sociale. « C'est une parole du Jedi, insiste Younès, cette parole m'est toujours restée attachée. » Et il la redit les yeux baissés, les mains sur les genoux, on dirait qu'il prie. *Tu dois changer ta vie.*

★

241

Sous le pont de Brixton à Londres, dix ans après, Rose attend. Elle est toujours mariée à son mari. Gabriel s'éternise dans une thèse de lettres qui leur coûte une fortune à Paris mais il a terminé un premier roman, on verra. Emma prépare son bac chez les bonnes sœurs de C. Ouest et elle continue de souffrir d'allergies qui interrogent sur l'habitabilité future de cette planète.

C'est le monde qui aurait dû changer, pas ta vie. Voilà ce que songe Rose qui a rendez-vous avec Younès sous le pont de Brixton à Londres. Le pont de Brixton à Londres, elle a le temps de bien le contempler, est un viaduc au-dessus de la station de métro Brixton. Il est mangé par les plantes, la rouille et les graffitis, mais on peut l'imaginer toujours debout dans une ville post-humaine : passerelle disproportionnée pour ce qui restera d'insectes et de rampants, sous un soleil allant au bout de son devenir d'étoile, brûlant son dernier hydrogène puis, au terme de milliards d'années anciennement humaines, dévorant ses ultimes réserves d'hélium, dans une dépense débridée, un feu d'artifice de junkie de l'espace, un baroud d'honneur intergalactique, sans sujet, sans personne, bouffant tout, absorbant Mercure et Vénus et la Terre, roulant des flammes inouïes, tournoyant dans sa propre gabegie de star, révolutionnant sa propre destruction, géante rouge puis naine blanche, noyau effondré sur lui-même expulsant sa dernière matière dans un carnaval multicolore vu par aucun œil de l'ancienne Terre. C'est la première fois que Rose vient à Londres. Elle a pris l'Eurostar. C'est la fête. Elle a traversé ce tunnel qui est une merveille de l'ingéniosité humaine. Elle a montré son passeport en règle. Elle a pris le métro et maintenant Rose Goyenetche attend Younès Aboussa sous le pont de Brixton avec une certaine anxiété, car s'il ne se montre pas elle va devoir s'inventer une journée à Londres, ça lui rappelle Calais la fameuse journée, mais bon, c'est Londres, elle ira peut-être au British Museum. Elle n'a pas envie. Elle a envie de le revoir.

Le voici. Elle le reconnaît immédiatement dans la foule noire de Brixton. Il lui fait un signe de la main. L'angoisse tombe toute. Il a forci, il porte ses cheveux tressés au ras du crâne et un débardeur de hip-hop qui met en valeur ses épaules musclées. Il lui tend la main et elle la touche et ça fait un petit *bang* qui les fait rire, et il l'enlace fort et il la soulève et ils tournoient les deux sous le pont de Brixton.

★

« Maintenant », lui avait dit Younès dix ans plus tôt, ou plutôt écrit par texto, *dong*, mais par précaution ça faisait déjà une bonne heure qu'elle envoyait son énergie vers le Nord. Par précaution elle lui avait aussi donné quatre mille euros en liquide (les deux mille de Solange plus deux mille de ses séances : il n'avait pas voulu entendre parler de plus et franchement, *ouf*). Dans la région de Calais, au solstice d'été, le soleil se couche une heure plus tard qu'au Pays basque, c'est l'inclinaison de la Terre. En hiver c'est l'inverse, il se couche plus tôt. Ils avaient discuté pied à pied comme deux astronomes et déterminé l'horaire pour qu'elle lui envoie ses ondes au bon moment. Elle n'avait jamais tenté d'agir à distance, ou alors par superstition : une prière pour son mari parti sur une vente difficile, et pour Bilal aussi ça lui arrivait, et pour Grichka, télépathiquement, mais ça durait une seconde, hein, presque sans y penser ; tout le monde fait ça non ? Ou pour ces gamins bloqués dans une grotte en Thaïlande il y a longtemps, ou plus longtemps encore pour ces mineurs coincés sous la terre au Mexique, et il lui semblait que ça marchait, que ça ne nuisait pas – une prière à sa façon pour ceux qui sont pris au piège.

« Maintenant » lui dit le texto de Younès et elle envoie tout ce dont elle est capable, ça se concentre, ça sort d'elle par toute sa tête et par le centre de sa poitrine, les deux fluides se rejoignent dans un tourbillon chaud, rouge, Wonder Woman c'est elle : ses mains s'y mettent, ça sort de ses mains aussi, ses mains ses meilleures alliées, qu'elle tend devant elle, les humains ont très longtemps écrit d'une seule main et désormais tapent à deux mains sur leurs claviers, ça a renforcé la latéralité de Sapiens Sapiens et l'équilibre des zones de son cerveau, elle a des théories là-dessus. Elle a peur pour lui. Le passe-muraille, à la fin, reste bloqué dans la muraille. Quelle vie a-t-il dans la muraille? Pour être sûre de ne pas être dérangée elle a dit à tout le monde qu'elle serait en consultation Skype dans son bureau. Et ça ressemble assez à Skype sauf que l'écran est dans sa tête, l'image de Younès y sautille comme sur Skype et le message va dans un seul sens, si c'était articulé ça ne serait guère que « vas-y » ou « passe ». Ça y est. C'est maintenant. Elle sent une détente énorme. Les molécules de l'obstacle se séparent en atomes qui se pulvérisent en neutrons qui se dissolvent en des états sans nom de la matière. Ça passe. Ça poudroie. Ça se diffuse. C'est global. La frontière a lâché.

Elle s'endort d'un coup dans son fauteuil de psychologue bizarre mais elle reste là, c'est seulement sa qualité de conscience qui s'est modifiée. Oui, Rose Goyenetche est avec nous. Elle voit Younès devant un grand mur devenu fluide, un mur dans lequel il nage, dissocié, il avance à son aise dans toute l'épaisseur du mur, il a l'air heureux, le mur se défait encore et devient gazeux, un nuage, de l'air, Younès nage, il vole, Grichka lui a confié son casque, et voici Gabriel, il est penché sur son téléphone, et voici Emma surpuissante et guérie, et Veronika L. résolument vivante qui bavarde avec la locataire sereine, et son mari sobre et allègre, tout le monde est là et Younès fait le chef d'orchestre, c'est drôle, avec des mouvements de bras qui déclenchent un harmattan phénoménal, le ciel est saturé de particules rouges, orange, ocre, en tourbillon, il faut fermer les yeux et la bouche et se couvrir la tête des mains, s'enfouir dans ses propres bras : enfin c'est un rêve.

Son mari brave l'interdiction, il frappe à la porte : « Entre », s'éveille Rose. Elle appelle Younès, il ne répond pas mais ça sonne en Angleterre : ça sonne *anglais*, la sonnerie en *bip bip* au lieu du *dring* français. Elle met le haut-parleur et rit, son mari la prend dans ses bras, il est passé, Younès, il est sorti du ventre de la baleine, il a été recraché du côté désiré du rivage.

Ils sont dans leur grand lit. Ils sont à l'abri. La vie va continuer. Le vent du Sud appuie doucement sur la maison. Rose s'est rendormie aux côtés de son homme. Et au matin, la terrasse, face aux Pyrénées, est couverte d'un voile rouge de sable du Sahara.

★

REMERCIEMENTS

Abdoul Aziz Albadja
Jean-Pierre Ariol
Mauro Armanino
Rita Bandinelli
Rolande Berger
Philippe Brachet
Sandrine Deloche
Martine Devries
Yann Diener
Hasier Etxeberria
Alexandra Galitzine-Loumpet
Anne Florence Garnier
Marc-André Gutscher
Patricia Fiske
Charles Freger
Jessica Jouve
Guillaume Langeon

Nathalie Lelong
Erica Mbiapep Wandjeh
Justyna Mielnikiewicz
Ibrahim Ngouwouo
Idi Nouhou
Alexis Nuselovici
Hania Osta
Philippe Quintin
Merveille Sangalé Guidjelie
Emmanuelle Touati
Benedict Wleh
Tom-Tom, Sylvie, Sylvain, Mariam, Nasrine, Jacob et
David, Thomas et Thomas

Achevé d'imprimer en octobre 2019
par CPI Firmin-Didot

N° d'éditeur : 2648
N° d'édition : 364006
N° d'imprimeur : 155330
Dépôt légal : août 2019

Imprimé en France